오늘 하루가 선물입니다

Live the Moment : The Ten Commandments of Living the Moment
by Paul Arnott

Original copyright ⓒ 2000 Paul Arnott
This original edition was published in English by HarperCollins Publishers PTY LTD., Australia

Korean translation copyright ⓒ 2012 Chimmuk Books
This Korean edition was arranged with HarperCollins Publishers Australia
with Best Literary & Rights Agency, Korea.
All rights reserved.

# 오늘 하루가 선물입니다

폴 아노트 지음 | 김윤 옮김

침묵의 향기

차례

매 순간을 완전히 살고자 하는
나의 반려자 로잔느에게

작은 보석과도 같은 이 책은 한 아버지의 슬픔의 불길 속에서 빚어졌다. 폴 아노트의 사랑하는 어린 아들 제임스는 태어난 지 9주 만에 세상을 떠났다. 매 순간을 살도록 우리를 일깨워 주는 책이 그 비극으로부터 탄생했다.

매 순간이 우리의 마지막 순간일 수도 있다는 통찰이 단순하면서도 설득력 있게 다가온다. 포트 아서에서 벌어진 총기 난사 사건 등 이 시대에 호주에서 일어났던, 우리 삶의 일부가 되어 버린 비극들을 인용하면서, 폴 아노트는 어떻게 하면 우리의 과거나 죽음의 확실성을 부정하지 않으면서도 현재를 소중히 할 수 있는지를 우리에게 보여 준다.

그는 로렌스 수사(修士), 헨리 나우웬, 마틴 셀리그먼 등 내가 좋아하는 작가들의 말을 인용한다. 목회자인 그는 또한 심금을 울리는 구약성서와 복음서의 이야기들을 들려준다. 하지만 우리가 그의 메시지를 가장 직접적으로 전달받는 것은 아마도 그 자신의 가족 이야기, 특히 자녀들이 그에게 들려주는 말일 것이다. 내가 설교할 때마다 청중들이 가장 좋아하는 부분은 우리 아이들이 우리에게 가르쳐 주는 지혜들이다.

우리가 아이들의 말을 더 자주 듣는 시간을 가지려면 지은이의 조언을 받아들여 우리가 진정 원하는 것이 무엇인지에 따라 우선순위를 정해야 할 것이다. 그러려면 어떻게 해야 할까? 나는 오직 폴 아노트의 지혜로 답할 수 있을 뿐이다. 그는 말한다, "더욱 단순한 삶을 사는 유일한 길은 덜 원하는 것"이라고. 그것은 대단히 반문화적인 조언이겠지만, 나는 그의 말을 추천한다.

팀 코스텔로 목사
호주 침례교 연합회 회장

우리는 지금 이 순간을 더욱 충실히 사는 법을 배울 필요가 있다. 그렇지 않으면 점점 더 복잡해지고 골치 아파지는 이 세상에서 제정신으로 살아가기가 힘들 것이다. 우리는 인류 역사상 가장 스트레스가 심한 시대 중 하나에 살고 있다. 새천년의 삶은 우리 개인들에게, 그리고 훨씬 더 복잡한 이 지구에 감당하기 힘든 문제들을 일으킬 것이다. 그리고 산업혁명 이래 그래 왔듯이 사회는 계속 변해 갈 것이다.

지금 지구상에는 성적으로 왕성한 성인들이 백 명 가운데 한 명꼴로 에이즈에 감염되어 있다. 인종 혐오가 유행처럼 번지고 있으며, 종교적·인종적 소수인들에 대한 대량 학살을 정당화하기 위한 '인종 청소'라는 끔찍한 표현이 요즘 세계적으로 널리 쓰이고 있다. 구소련 연방 국가들의 핵무기와 생물학 무기에 대한 느슨한 관리는 지구 전체를 재앙으로 몰아넣을 수 있는 위험에 우리가 여전히 직면해 있음을 의미한다. 환경에 대한 파괴도 여전히 계속되고 있다. 지구 온난화와 오존층 파괴를 개선하지 않으면 수많은 사람을 질병과 사망에 이르게 하는 원인이 될 것이다. 지구 자원을 잘못 관리하여 일어나는 가뭄들은 아프리카와 아시아에서 수백만 명을 죽음으로 내몰고 있다. 가축의 질병을 방지하기 위한 과도한 항생제 처방과 사용은 항생제에 내성을 갖는 새로운 박테리아들을 발생시켜 수많은 사람을 죽음에 이르게 하는 세계적인 유행병들을 출현시킬 수도 있다. 그리하여 오늘날 사람들 사이에 가장 널리 퍼진 두려움은 미래에 대한 두려움이다.

1996년 4월 28일, 총을 든 남자가 호주 태즈메이니아 남동쪽에 있는 역사 관광지 포트 아서에서 서른다섯 명을 잔인하게 살해했을 때, 우리는 오랫동안 의심해 온 것을 받아들이지 않을 수 없었다. 삶은 더 이상 안전하지 않다는 것······. 심지어 조용하고 한적한 마을인 태즈메이니아에서도 그렇다는 것을 말이다. 만일 평화로운 일요일 오후에 점심을 먹고 차를 마시던 사람들이 갑자기 잔인하게 죽임을 당할 수 있다면, 그들은 언제 어디서든 죽을 수 있다는 것을 우리는 알게 되었다.

이제는 날마다 그저 변화의 속도를 따라가는 것조차 우리에게는 힘겹고 벅찬 일이 되어 버렸다. 사방에서 정보들이 밀려들고 있다. 텔레비전을 통해서, 라디오와 우편함, 신문과 잡지, 인터넷과 컴퓨터 소프트웨어를 통해서……. 우리는 기술 혁명의 한가운데에 있으며, 그 혁명은 산업혁명이 18세기 사람들의 삶을 변화시킨 것만큼이나 우리의 삶을 크게 변화시킬 것이다.

의사들은 정보피로 증후군이라고 불리는 새로운 증후군을 인식하고 있다. 분석 능력의 마비, 자기에 대한 불신과 걱정의 증가, 그리고 남들을 비난하는 성향의 증가 등이 그 증후군의 증상들이다. 스트레스와 관련된 질병의 1/3 이상은 정보 과부하가 그 원인이라는 설이 있다. 〈네트워크(Network)〉라는 영화의 유명한 장면에서 주인공인 티브이 뉴스 앵커는 창문 너머로 외친다. "정말 화가 나. 더 이상은 못 견디겠어." 더욱더 많은 사람들이 현재의 삶을 더 이상 견딜 수 없다고 느낀다. 18세부터 24세 사이의 청년층 자살은 이제 많은 나라에서 유행에 가까울 정도로 늘어났다. 많은 젊은이들이 미래의 희망을 보지 못해 삶을 마감하고 있다. 사람들은 이전보다 더 많은 스트레스를 받고 있고 더 많은 압박감에 짓눌리고 있다.

더 오래 더 건강하게 살고 삶을 더 완전히 누리기 위해서는 새로운 삶의 방식을 찾아야 한다. 요즘 의학은 건강이 생활양식과 뗄 수 없을 만큼 밀접하게 관련되어 있음을 알아차리기 시작했다. 이백 년 전에는 사람들이 장티푸스와 디프테리아로 죽었다. 이제 우리는 스트레스 관련 질병들인 암과 심장병으로 죽는다. 정신없이 바쁜 생활양식은 우리를 병들게 만들고, 사랑하는 사람들과 나누는 관계의 풍요로움을 앗아가고 있으며, 우리를 죽이고 있다.

스트레스의 가장 큰 원인 가운데 하나는 지금 이 순간을 충실히 살지 못하기 때문이라고 나는 믿는다. 우리는 과거의 모든 죄의식과 상처들을 품은 채 마음으로는 과거 속에서 살고 있고, 미래에 대한 두려움과 걱정들로 고통을 받고 있다. 혹은 워낙 정신없이 사는 통에 삶을 산다고 하기도 어려울 정도로 현재를 살고 있다. 우리는 매 순간을 진정으로 충실히 살지 못하고 그저 존재할 따름일 때가 많다. 일상생활에서 요구되는 것들이 너무 많고 너무 바쁘게 살고 있어서 늘 시간이 부족하다고 느낀다.

태즈메이니아의 북서쪽 해안 가까이 있는 킹 아일랜드 섬은 바람이 너무 강해서 대부분의 나무들이 곧게 자라지 못하고 휘어진 채 자란다. 자연의 힘은 그 나무들이 정상적이지 않은 모습으로 자라게 만들었다. 하지만 바람은 변함없이 세차게 불기에 그 섬의 나무들은 언제나 그런 모습이다. 삶에 대해서도 똑같이 진실일 수 있다. 삶의 압박과 스트레스는 우리가 균형을 잃고 구부러진 채 자라도록 만들면서도, 마치 구부러진 것이 정상인 것처럼 느끼게 할 수 있다. 지금 이 순간을 사는 법을 배우면 우리가 다시 균형을 회복하는 데 도움이 될 것이다. 우리는 원래 그렇게 살도록 되어 있다.

# 1
# 삶은 당연한 것이 아니다

어떤 사람들은 믿고 싶지 않겠지만,
우리에게 주어진 삶의 기회는 단 한 번뿐이다. 이 기회를 헛되이
낭비해 버린다면, 이 지상에서 두 번째 기회는 없다.

우리의 둘째 아이 제임스가 태어난 지 9주 만에 유아돌연사증후군으로 죽었을 때, 우리의 삶은 나락으로 곤두박질치고 말았다. 아이의 죽음은 우리에게 말할 수 없는 아픔을 안겨 주었다. 그런데 이 경험을 겪으면서 우리는 한 번에 하루를 사는 법을 배웠다. 삶은 소중한 선물이며, 결코 당연하게 여기면 안 되는 것임을 깨닫게 되었다. 이것은 개인적인 진실이자 우리 모두의 진실이다. 우주를 항해하는 이 연약한 행성 위에서 인간으로 사는 하루하루는 우리에게 주어지는 소중한 선물이다.

우리는 이 교훈을 거듭해서 배울 필요가 있다. 설령 아픔과 눈물을 통해 이런 통찰을 얻었다 해도, 바쁘게 생활하다 보면

또다시 이 통찰을 쉽게 잃어버릴 수 있기 때문이다. 우리의 경험에 비추어 보면, 과거나 미래 속에 너무 많이 빠져 살거나 현재를 너무 바쁘게 살면 결국 '지금'의 삶을 빼앗기게 된다.

성찰되지 않는 삶은 살 만한 가치가 없는 삶이다. 만일 우리가 살면서 하는 일들이 그저 지구라는 행성 위에서 먹고 자고 일하고, 적응하려 애쓰며, 여기저기에서 약간의 즐거움을 맛보며 태양을 일흔 번 가량 도는 것이라면, 삶은 그저 존재에 불과하다. 우리는 무의식적으로 살지 않고 성찰하며 살아야 한다.

지금 이 순간을 더욱 충실히 살아야겠다고 내가 마음먹은 동기는 아들의 죽음만이 아니었다. 몇 년 전에 큰딸 앨리스는 해리 채핀의 노래 〈요람 속의 고양이(Cat's in the Cradle)〉를 부르곤 했다. 이 노래는 아버지가 새로 태어난 아들에 대해 얘기하는 것으로 시작한다. 그는 바쁜 생활 탓에 아이와 함께 하는 시간이 턱없이 부족했고, 그래서 아이가 중요한 사건들을 겪을 때도 까맣게 모르고 살아간다. 어린 소년은 금방금방 자란다. 소년은 부모님을 기쁘게 해 드리려 애를 쓰며, 무엇보다 아버지의 길을 따르면 부모님을 기쁘게 해 드릴 수 있을 거라 믿으면서 열심히 노력한다.

노래가 끝날 즈음, 이제 은퇴한 아버지는 아들에게 전화를 걸어 만날 시간을 가져 보려고 애를 쓴다. 아들은 자신의 생활과 가족 때문에 너무 바빠서 아버지를 만날 시간을 내지 못한다. 노인은 이런 삶의 방식을 아들에게 가르친 것은 바로 자기 자신임을 깨닫는다. 그리고 슬퍼하며 수화기를 내려놓는다.[1]

〈요람 속의 고양이〉를 처음 들었을 때, 나는 그와 같은 아버지는 되지 않겠노라고 결심했다. 그래서 내 아이들과 함께 지낼 시간을 마련하기 위해 훨씬 더 열심히 노력했다. 아이들은 금세 자란다. 큰딸이 태어난 것은 엊그제 일 같은데, 그 아이는 벌써 열여섯 살이 되었고 고등학생이 되었다. 어느새 초등학교에 들어간 막내도 금방금방 자라고 있다.

## 시간이라는 수수께끼

유사 이래 시간이라는 것, 그리고 시간의 경과는 인간에게 불가사의한 미스터리였다. 내가 이 단어들을 쓰고 있는 지금 이 순간은 아주 짧은 순간만 현재다. 내가 방금 쓴 단어들은 이제 과거이며, 그 과거를 바꾸기 위해 내가 할 수 있는 일은 아무것도 없다. 나는 미래도 바꿀 수 없고 통제할 수도 없다. 시간은 미스터리일 뿐 아니라 근심들도 불러일으킨다. 시간은 우리의 통제 범위 밖에 있기 때문이다.

우리에게서 현재의 삶을 앗아가는 것은 과거의 상처와 미래에 대한 두려움만이 아니다. 우리가 현재를 살아가는 방식도 그렇다. 우리는 너무나 분주한 삶을 살고 있다. 우리는 삶을 활동으로 가득 채우지만, 그런 활동들은 때로 우리의 내면으로부터 달아나기 위한 수단이기도 하다.

유엔 사무총장을 역임한 다그 함마슐트의 말이다.

주위가 온통 고요해지고 당신이 두려워 뒷걸음칠 때—그동안 자신이 줄곧 고통과 책임을 회피해 왔음을, 이타심이라고 여겼던 것이 실은 살며시 가장된 자학이었음을 볼 때, 그리고 내면에서 고동치는, 시베리아 늑대의 악의적이고 잔인한 심장 소리를 들을 때—그때는 또다시 사냥의 외침과 나팔 소리를 불러내어 자신을 마비시키지 말고, 대신 보이는 것을 끈질기게 응시하라. 그 밑바닥에 닿을 때까지.[2]

우리는 지금 이 순간의 고요함을 두려워한다. 오랫동안 고요히 있으면 원치 않는 내면의 소리들을 듣게 될까 봐, 또는 마음속에 몰래 숨겨 놓았던 난처한 문제들을 다루어야 할까 봐 두려워하는 것이다. 그러나 이런 문제들이 아무리 불편해 보여도, 오로지 이런 문제들을 직면하고 '보이는 것의 밑바닥에 닿을 때까지 내려갈' 때에야 비로소 우리는 하나의 인간으로서 진정으로 성장할 것이다.

## 삶은 당연한 것이 아니다

손톤 와일더의 〈우리 읍내(Our Town)〉라는 연극은 내게 큰 감명을 주었는데, 삶을 당연한 것으로 여기지 않는 태도가 중요하다는 것을 잘 보여 준다. 이 연극은 조지와 에밀리의 이야기를 들려준다. 둘은 소꿉친구로 함께 자랐고 사랑에 빠져 결혼한다. 이 부부는 한동안 행복하게 살았지만 어느 날 갑자기 불행이 닥친다. 에밀리가 아기를 낳다가 그만 죽게 된 것이다.

이 이야기에서 에밀리는 과거의 어느 하루로 돌아가 그날 하루만 다시 살 수 있는 기회를 얻게 된다. 같은 공동묘지에 묻힌 다른 사람들의 만류에도 불구하고, 그녀는 자신의 열두 번째 생일날을 위해 그녀가 자란 작은 마을인 그로버스 코너로 돌아가기를 선택한다.

에밀리는 그날 그곳으로 돌아가서 그 분주한 하루의 일들이 펼쳐지는 것을 지켜본다. 가족들이 저마다 그녀에게 줄 선물을 포장하고 생일 케이크를 만들고 장식 리본을 매달고 풍선들을 부느라 집 안이 북적댄다. 그런데 그녀는 가족이 한 집에 살고 있는데도 서로에 대해 잘 알지 못하고 관심도 기울이지 않는다는 것을 알아차린다.

마침내 그녀는 절망하여 어머니에게 애원한다. 단 1분만이라도 딸을 제대로 바라봐 달라고, 진정으로 자기를 바라봐 달라고…… . 한 순간만이라도 서로를 마주 보자고, 함께 하자고, 행복하자고 호소한다.

그 하루가 끝나자 그녀는 눈물을 흘리며 공동묘지로 다시 돌아온다. 오르간 연주자이자 마을의 주정뱅이였던 사이먼 스팀슨은 인간들이 무지하고 눈이 먼 채로 살고 있다고 말한다. 그녀가 그토록 돌아가고 싶었던 곳에 여전히 살고 있던 사람들은 마치 백만 년이나 살 것처럼 시간을 함부로 쓰면서 허비하고 있었다.[3]

우리는 삶을 깊이 경험할 수 있음에도 불구하고 다른 데 정신이 팔려 삶의 의미를 놓친다. 어떤 사람들은 믿고 싶지 않겠지만, 우리에게 주어진 삶의 기회는 단 한 번뿐이다. 이 기회를 헛되이 낭비해 버린다면, 이 지상에서 두 번째 기회는 없다. 우리가 가진 것은 시간밖에 없다. 인류 역사의 길이에 비하면 한 사람의 일생이란 눈 한 번 깜박이는 정도밖에 되지 않는다. 우리는 여기에서 우리에게 주어진 시간을 가장 잘 사용할 책임이 있다. 모든 사람이 죽지만, 모든 사람이 진정으로 살지는 않는다. 매 하루, 매 시간, 매 순간은 새로운 시작이어야 한다. 우리가 새로운 날에 깨어나는 모든 새로운 아침, 우리가 숨 쉬는 모든 호흡, 사랑하는 사람의 얼굴을 들여다보는 모든 시간은 모든 것을 새롭게 할 유일한 기회들이다.

## 과거의 상처들

사람들이 지금 이 순간을 살지 못하는 또 하나의 원인은 과거의 상처들이다. 사별로 인한 슬픔일 경우에는 특히 더 그렇다. 해소되지 않은 사별의 슬픔 때문에 마음의 병이 많이 생긴다는 증거도 있다. 통계를 보면 보건소를 찾는 환자들의 1/3은 이런 슬픔으로 인한 문제들을 가지고 있다. 과거에 우리는 사별의 슬픔을 극복하기 위해 마치 고인이 죽지 않았거나 심지어 존재하지도 않았던 것처럼 가장하는 방법을 쓰기도 했다.

호주 원주민에게도 비슷한 문화가 있다. 어느 한 사람이 죽으면 마을 사람들은 그 사람의 이름을 다시는 입 밖에 내지 않는다. 서양 문화에서도 마음속의 커다란 갈등에 대해 이런 식으로 대처하곤 했다.

예전에 내가 만난 여성은 1940년대에 아기를 사산한 적이 있다. 그 시대에는 아기가 사산되면 다른 사람이 아기를 천으로 감싼 뒤 재빨리 데려가 버렸다. 그래서 사산아의 부모는 아기를 볼 수가 없었고, 아기의 이름조차 불러 보지 못했다. 심지어 아기의 성별이 무엇인지도 몰랐다. 그 당시에는 마치 아무 일도 없었던 것처럼 계속 살아가는 것이 그런 부모에게 최선이라고 여겼기 때문이다.

이 여성은 내게 털어놓기 전에는 사산된 아이에 대한 감정을 어느 누구에게도 말한 적이 없었다. 이러한 깊은 상처는 세계 곳곳에 사는 수많은 사람들의 삶을 불구로 만들어 버렸고, 그들이 현재를 충만하게 살지 못하도록 가로막는 걸림돌이 되었다. 과거의 상처들을 다루는 데 굉장한 에너지를 소모해야 하기 때문이다. 어린 시절에 성폭행을 당하거나 신체적인 학대를 당한 사람들도 대개는 과거의 학대 때문에 몹시 불행한 삶을 살고 있다는 증거가 점점 많아지고 있다.

과거의 사건 때문에 누군가를 계속 원망하고 용서하지 않으면 우리의 삶이 그늘지게 된다. 그리고 이것은 우리가 자기다운 사람이 되지 못하도록 방해하는 걸림돌이 된다. 나와 상담한 사람들 가운데는 말이나 행위로 깊은 상처를 준 사람을 여전히 원망하는 이들이 아주아주 많았다. 때때로 이런 상처들은 먼 옛날로 거슬러 올라간다. 수많은 사람들은 내게 이런 식으로 말한다. "웬만한 것들은 다 용서할 수 있어요. 하지만 그 일만은 절대로 용서하지 않겠어요." 그리고 그들이 자신에게 가한 공격들을 하나하나 나열한다. 대체로 이런 사람들은 그 원망이 이른바 가해자의 삶보다 자신에게 훨씬 더 많은 상처를 입히고 있으며 자신의 삶에 악영향을 미치고 있다는 것을 보지 못한다. 원망은 지금 이 순간의 삶을 더욱 충만하게 살 수 있는 능력을 갉아먹는다.

죄책감도 우리에게서 이 순간의 삶을 앗아갈 수 있다. 우리는 죄책감이 나쁜 것이며 불필요하다고 말하는 시대에 살고 있다. 하지만 만일 우리가 잘못된 것이라고 알고 있는 행위를 했다면, 우리가 행한 것을 합리화하여 숨길 것이 아니라 죄책감을 뿌리에서부터 다루어야 한다. 죄책감을 직면하고 드러내야 하는 것이다.


## 미래에 대한 걱정

우리 현대인들은 대개 정신적으로나 감정적으로 미래를 사는 경향이 있다. 우리는 미래의 휴가나 낭만적인 저녁 식사, 은퇴 후 여유로운 생활과 같은 멋지고 신나는 사건들을 기대하며 많은 시간을 쓰고 있다. 하지만 현실은 기대대로 이루어지는 경우가 드물다.

우리의 삶을 안전하게 보호하고자 하는 욕망도 우리를 미래에 가둔다. 우리는 투자, 보험, 퇴직 연금에 대해 토론하고 검토하며 많은 시간을 보낸다. 도박이라는 것도 결국은 잭팟을 터뜨려 한 방에 모든 문제를 해결하는 미래를 기대하는 것이다. 경제가 좋지 않을 때는 특히 더 그렇다. 아이러니한 것은 그렇게 어려운 시기에는 힘들게 번 현금을 도박에 쏟아 부을 만한 여력이 없다는 것이다.

광고들은 삶을 더욱 편하게 하기 위해 '반드시 필요'하다는 제품을 조만간 구입하도록 끊임없이 우리를 부추긴다. 그런데 사실 그런 제품들은 우리의 삶을 더욱 복잡하고 어수선하게 만들고 있다. 우리는 더 많은 일을 할 수 있지만 더 많은 일을 할 수 있어서 오히려 시간을 덜 가지며, 이 순간을 덜 살고 덜 즐긴다. 특히 우리의 인간관계에서 그렇다.

컴퓨터는 좋은 사례다. 마이크로칩 덕분에 우리는 20년 전이라면 가능하지 않았던 일들을 할 수 있다. 그렇지만 이런 일들을 할 수 있기 때문에 우리는 시간을 덜 갖고, 시간을 덜 갖기 때문에 지금 이 순간을 덜 충실히 산다.

우리의 사고방식 전체가 우리를 현재보다는 미래에 살도록 가두어 버린다. 우리는 어떤 일이 일어나기를 언제나 기다리고 있다. 존경하는 작가인 헨리 나우웬은 "삶의 진정한 적들은 우리의 '……해야 한다'와 '만일'들이다. 그런 생각들은 우리로 하여금 바꿀 수 없는 과거로 들어가도록 뒤로 잡아당기고, 예측할 수 없는 미래로 들어가도록 앞으로 잡아당긴다. 하지만 진정한 삶은 지금 여기에서 일어난다."[4]

미래는 두렵고 알 수 없는 미지의 곳이며, 대중 매체는 미래에 대한 두려움을 끊임없이 지속시킨다. 미디어는 우리의 두려움을 더 부풀리며, 특히 선정적으로 보도하는 텔레비전 뉴스가 더 그렇게 한다. 날마다 전해지는 뉴스 가운데 많은 부분은 세계적인 기아, 경제적인 붕괴, 테러리스트의 핵 위협, 정치적 불안정 및 전쟁 등 미래에 대한 두려움을 집중적으로 다룬다.

미래에 대한 두려움은 우리의 생명력을 소진시킬 수 있다. 만일 내가 직장을 잃는다면, 만일 사랑하는 사람이 죽는다면, 만일 돈이 부족해지면, 만일 경제가 붕괴한다면, 만일 제3차 세계 대전이 일어난다면, 어떻게 될까? 미래는 두려운 곳일 수 있다. 특히 우리의 상상들이 함부로 날뛰게 내버려둔다면 더욱 그렇다. 우리는 일어날 수도 있고 일어나지 않을 수도 있는 일들을 염려하면서 수많은 시간을 허비할 수 있다. 그렇지만 하루의 무게를 감당하지 못하는 사람은 거의 없다. 삶이 감당할 수 없이 무겁게 느껴질 때는 우리가 오늘 하루의 무게에 내일에 대한 걱정까지 더했을 때이다.

우리는 미래를 살 수 없다. 우리는 현재를 살도록 창조되었다. 헨리 나우웬은 이렇게 말한다. "이런 수많은 '만일'들은 우리의 마음을 가득 채울 수 있으며, 그러면 우리는 눈이 멀어 정원의 꽃들과 깔깔 웃는 거리의 아이들을 보지 못하게 되고, 귀가 먹어 친구의 반가운 목소리도 듣지 못하게 된다."[5]

# 우리는 지금 너무 바쁘다

과거와 미래가 연합하여 우리에게서 지금 이 순간의 삶을 앗아가듯이, 현재의 분주함도 그러하다. 내 방에 걸린 포스터에는 한겨울 눈 덮인 나무에 새 두 마리가 앉아 있는 사진이 있다. 이 포스터에는 이렇게 쓰여 있다. "할 일들이 너무 많아서 가만히 앉아 응시할 시간조차 낼 수 없다면, 우리는 대체 왜 사는 것인가." 시간의 지나감을 끊임없이 걱정하는 사회에 사는 우리들은 시간의 제물들이다. 우리는 끊임없이 손목시계를 확인하고 시계를 보고 있다. 시간은 우리의 모든 순간을 통제한다.

한 시간만이라도 시계를 보지 않도록 노력해 보라. 더 좋은 것은 아예 손목시계를 벗어 버리는 것이다! 그러면 시간이 우리의 삶을 얼마나 지배하고 있는지 금세 알게 될 것이다. 특히 남자들은 더 시간의 노예들이다. 남자들의·활동량은 그들이 얼마나 일 중독자인지를 보여 준다. 남자들은 서로 치열하게 경쟁한다. 어린 시절부터 그렇게 자랐다. 끊임없이 다른 사람들과 경쟁할 뿐 아니라, 자기 자신과도 경쟁한다. 특히 베이비붐 세대는 자신들이 살고 있는 세상에 중요한 이바지를 하고 싶다는 욕망에 갇혀 있다. 그들은 큰 포부를 품고 있지만, 문제는 더 많이 성취하기를 원할수록 그들이 갖는 시간은 더 적어진다는 것이다. 그 모든 일을 다 이루기 위해서는 더욱 열심히 일해야 하기 때문이다.

얼마 전, 최고의 중개 실적을 올린 두 명의 부동산 중개인에 관한 기사를 읽었다. 한 사람은 자기의 삶에 최대한 잘 적응하는 것이 삶의 목표라고 말했고, 다른 사람은 가족과 함께 깊이 있는 시간을 보내지 못하는 것이 가장 싫다고 했다. 너무나 바쁘게 사는 까닭에 우리 대부분은 현재의 생활을 즐길 만한 여유를 갖지 못한다. 많은 아내들은 몸으로는 함께 있지만 마음으로는 함께 있지 않은 남편들에 대해 증언할 것이다. 가정에 있을 때 나의 몸은 가족과 함께 있지만 마음은 다른 곳에 있을 때가 많다. 내 마음은 그날 하루 있었던 바쁜 일들이나 미래의 날들에 대해 생각하는데, 그럴 때면 나는 실제로는 가족과 '함께' 있지 않다. 이런 태도는 우리의 배우자나 자녀들의 정서에 좋지 않은 영향을 끼치게 될 것이다.

얼마 전, 중간 간부급의 직장인들을 대상으로 한 모건 앤드 뱅크스의 최근 연구 결과를 읽고 염려가 되었는데, 그들 가운데 52퍼센트는 너무나 불행하여 당장이라도 다른 일자리를 찾아볼 의사가 있다고 대답했다 한다. 종업원의 1/3은 일주일에

40시간 이상 일했고, 1/5은 일주일에 50시간 이상 일했다. 정규직 종업원들은 이제 너무나 열심히 일하고 있어서 그들의 초과 근무가 50만 개의 일자리 잠재력을 흡수하고 있다는 사실을 보여 주는 연구 결과들이 있다. 10년 전에 호주 종업원들의 29.3퍼센트는 일주일에 40시간 이상 일했다. 1997년에 그 숫자는 31.9퍼센트로 증가했다. 호주 직장인들 가운데 절반 이상은 자신이 지나치게 많이 일하고 있다고 믿으며 새로운 일자리를 원하고 있다.[6]

분주함은 그 자체로 자기 존재의 정당성을 증명하려는 하나의 목표가 되었다. 그리고 일상생활의 스트레스를 다루는 데 너무 많은 에너지를 쓰는 까닭에 우리는 삶의 중요한 문제들을 다룰 시간을 갖지 못한다.

서른네 살인 한 친구는 우리의 지나치게 바쁘고 스트레스를 많이 받는 생활 방식의 사례를 잘 보여 준다. 그는 계속 성장하고 있는 호주의 한 회사에서 중상위 관리직을 맡고 있는데, 지난 3년 동안 자신이 직장의 상층부에 머물기 위해 더욱더 열심히 일해야 했다는 것을 깨달았다. 그는 말한다.

정말 힘들죠. 제 일을 좋아하긴 하지만, 일주일에 70시간을 일하고 있으니까요. 보수가 좋은 자리라서 제 뒤에 수많은 대기자들이 줄 지어 있죠. 그걸 아니까 이 자리를 지켜야 한다는 압박감을 계속 받게 됩니다. 아이들을 볼 시간도 거의 없어요. 제가 출근할 때는 아이들이 막 침대에서 나오고 있고, 제가 퇴근하여 집에 돌아오면 거의 항상 잠을 자고 있죠. 쉬어야 할 일요일도 제게는 집에서 일하는 날에 불과합니다. 아내와 저는 서로 낯선 사람 같아요. 우리의 대화 주제는 학교 등록금이나 대금 지불 같은 실용적인 것들뿐입니다. 이런 관계를 원하지 않지만, 어떻게 바꿔야 할지 모르겠어요. 이보다 덜 바쁜 생활을 견딜 수는 없거든요. 그게 문제인 거죠.[7]

이와 같은 상황에 처해 있는 사람들이 아주 많다. 너무나 바쁘게 생활하는 탓에 삶을 돌이켜 보거나 생각하거나 느낄 시간이 없다. 우리의 모든 에너지는 생계를 위해 소모된다. 많은 호주인은 자신이 과도하게 일하고 있다고 믿지만, 백만 명의 호주인은 이보다 더 큰 스트레스일 게 분명한 실직 상태로 생활하고 있다. 사람의 인격보다 그가 하는 일에 더 많은 가치를 두는 사회에서는 장기 실직만큼 사람을 무기력하게 만드는 것도 없다.

만일 시간을 대하는 우리의 태도에 문제가 있다면, 우리 자신의 모든 면, 우리가 되기를 바라는 모든 것, 그리고 우리가 접촉하는 모든 사람과 모든 것을 바라보는 우리의 시각에도 역시 문제가 있을 것이다. 언젠가 어떤 이가 말하길, 스트레스로 녹초가 된 사람은 유칼리나무 아래에 지겨워질 때까지 앉아 있는 것이 좋다고 했다. 좋은 말이지만, 간혹 너무 많은 스트레스를 받을 때는 잠시 조용히 앉아 있는 것을 생각하는 것조차 오히려 더 스트레스가 되기도 한다. 우리는 지금 이 순간을 더욱 충만히 살 수 있도록 삶을 새롭게 조정하는 법을 배울 필요가 있다. 매 순간을 소중하게 대하는 법, 매 순간을 음미하는 법, 매 순간을 충분히 경험하고 가장 잘 활용하는 법을 배울 필요가 있는 것이다.

## 진정으로 살아 있는 순간들

사회학자인 토니 캄폴로의 책 《카르페 디엠(Carpe Diem)》을 처음 읽었을 때, 나는 그의 말에 무척 공감했다. 그는 세미나 참석자들에게 "당신은 얼마나 오랫동안 살았습니까?"라고 물었던 일에 대해 얘기한다. 아무도 대답하는 사람이 없자, 캄폴로는 맨 앞줄에 앉아 있던 청년을 지목하여 그에게 질문했다. "당신은 얼마나 오랫동안 살았습니까?" 청년은 무심코 "24년요."라고 대답했다.

"아니오." 캄폴로가 말했다. "나는 인류의 한 구성원으로 얼마나 오랫동안 존재했느냐고 물은 게 아닙니다. 얼마 동안 진정으로 살아 있었는지를 물은 겁니다."

청년이 멍하니 그를 바라보자, 캄폴로는 자신이 열두 살 때 뉴욕을 방문했던 이야기를 들려주었다. 난생 처음 엠파이어스테이트 빌딩의 꼭대기에 섰을 때 그는 "고양된 자각, 강렬한 의식, 너무나 놀라워서 묘사할 수 없는 순간"을 경험했고, 그 순간에 신비롭게도 자기 밖으로 빠져나와, 그것을 경험하고 있는 자신을 보았다고 한다.

캄폴로는 학생에게 말했다. "나는 내가 얼마나 오래 살지 모릅니다. 하지만 설령 백만 년을 살게 된다고 해도 나는 그 순간을 기억할 것입니다. 그 순간을 진정으로 살았기 때문입니다." 그러고 나서 그는 다시 물었다. "당신은 얼마나 오랫동안 살았습니까?" 청년은 한참 생각한 뒤에 대답했다. "선생님이 뉴욕

34

에서 살았던 그런 순간에 대해서라면, 아마도 1분 정도일 겁니다. 아니면 2분. 그런 고양된 자각으로 삶을 경험한 때를 모두 합치면 그 이상 넘지 않을 거란 얘기입니다." 그리고 그는 후회하며 덧붙였다. "제 삶의 대부분은 의미 없는 시간의 지나감이었습니다. 제가 진정으로 살아 있던 예외적인 순간들은 너무나 짧았구요."8

## 내 인생의 황홀한 순간들

처음 이 이야기를 읽었을 때 나는 생각했다. '그래, 토니 캄폴로가 옳아. 우리 삶의 대부분은 시간이 무의미하게 지나가는 것처럼 보일 수 있어.' 우리는 진정으로 살아 있는 순간들을 더 많이 발견할 필요가 있다. 나는 진정으로 살아 있던 순간들에 대한 기억을 더듬어 보았다.

아테네로 향하고 있던 버스에서 차창 밖을 보다가 처음으로 파르테논 신전을 보던 때가 떠올랐다. 그때 나는 난생처음 외국을 여행하고 있었다. 그리고 런던의 빅벤 밑에 서서 '이것은 영화나 책 속의 그림이 아니야. 실재하는 거야.'라고 생각하던 때를 기억했다. 해질 무렵 아일랜드의 서쪽 해안에 있는 딩글 반도의 해안 절벽 위에 서서, 태곳적부터 존재해 온 오래된 대지의 아름다움에 한없이 경이로워하던 때도 회상했다.

여행하는 중에 겪은, 지금 이 순간을 알아차릴 때의 굉장한 경험들은 특별했다. 하지만 또한 어린 시절 태즈메이니아 해변에서 가족과 휴가를 보내는 동안 경험했던 어느 감미롭고 따스한 아침도 기억했다. 그 아침, 잠에서 깨었을 때 창문으로 쏟아지고 있던 햇살과 솔방울 향기, 까치의 익숙한 울음소리, 침대 시트 위의 작은 모래알들과 새로운 날의 상쾌하고 신선한 느낌을……

## 알아차림

태즈메이니아에서의 나의 '아하!' 경험은 많은 시인들에 의해 묘사된 순간이며 현실을 초월한 듯 보이는 순간이다. 시인 클라이브 샌섬은 제2차 세계 대전 중에 오스트리아에서 자신이 경험한 그런 한 순간을 이렇게 쓴다.

그런 순간들이 있지—

그리도 강렬하고 그리도 아름다운—

그것들은 공간을 관통하며,

영원히 공중에 걸려 있지

시간의 손아귀 너머에서.[9]


하지만 이런 '아하!' 순간들을 떠올릴 때 나는 깨닫는다. 그것들이 이 순간을 살 때의 경험이긴 하지만, 사실은 황홀한 순간들에 대한 묘사임을……. 우리는 그런 황홀한 순간들을 추구하며 삶 전체를 허비할 수도 있다. 어떤 사람들은 정말로 그렇게 한다. 성적으로 황홀한 순간이든 영적으로 황홀한 순간이든.

그러나 황홀한 순간들을 추구하는 것은 지금 이 순간을 더욱 완전히 사는 법을 배우는 것과는 많이 다르다. 지금 이 순간을 산다는 것은 우리가 사는 각각의 순간들을 알아차린다는 것이다. 그것은 얼굴을 스치는 바람을 느끼는 것이고, 새로 간 신선한 커피의 향을 맡는 것이며, 당신의 얘기를 듣고 있는 상대방의 눈 색깔을 알아차릴 시간을 갖는 것이며, 자녀가 학교에서 있었던 일을 얘기할 때 조용히 귀 기울여 듣는 것이다. 또

동틀 녘이나 해질 녘에 피조물의 아름다움을 알아차리는 것이며, 쓰레기장에서 나는 역한 냄새를 맡는 것이며, 산 위에 쌓인 눈을 흩날리게 하는 차가운 바람을 느끼는 것이다. 단지 즐거움이나 재미를 찾는 것만이 아닌 것이다.

그것은 삶이 우리 앞에 가져오는 모든 것을 최대한 완전하게 사는 것이다. 그것은 진정으로 살아 있는 것이다. 시간 속의 지금 이 순간을 사는 데 완전히 관심을 집중할 때는 평범해 보이는 순간들이 생생하게 살아날 수 있다. 내가 이런 말들을 쓰는 지금 이 순간, 당신이 이런 말들을 읽는 지금 이 순간은 유일하다. 지금 이 순간은 다시 오지 않는다. 우리가 관심을 다른 곳에 두는 대신에 매 순간을 완전히 사는 법을 알게 될 때, 우리는 매 순간이 특별할 수 있음을 발견하게 된다. 우리 삶에 '아하!' 순간이 드문 까닭은 우리가 흔히 관심을 다른 데 두고 살았기 때문이다. 우리가 지금 이 순간을 더욱 완전히 살기 시작할 때, 우리는 생각지도 못한 삶의 풍요로움을 발견할 것이다.

# 모든 순간이 소중하다

삶은 너무 빨리 지나간다. 우리의 첫 아이인 앨리스가 태어 났을 때, 자녀가 벌써 성인이 된 지혜로운 친구는 내게 말했 다. "자네의 아이들과 함께 하는 삶을 즐기게. 그 아이들과 가 능한 한 많은 시간을 함께 하게. 아이들은 자네가 알아차리기 도 전에 가 버릴 테니." 우리 아들 제임스가 죽은 뒤에 우리의 마음을 압도한 것은 삶의 연약함만이 아니었다 — 만일 그 아 이가 예기치 않게 죽을 수 있었다면, 우리 아이 가운데 어느 아 이라도 그럴 수 있었고 우리 역시 그럴 수 있었다. 우리는 또한 새로운 하루하루의 경이로움에도 압도되었다. 하루하루는 결 코 당연히 여겨서는 안 되는 소중한 선물이었다. 모든 순간은 하나님의 선물이며, 우리는 지금 이 순간을 최대한 완전히 살 아야 한다.

내가 지은 첫 번째 책《작별할 사이도 없이(No Time To Say Goodbye)》에는 네 살짜리 딸을 사고로 잃은 캐서린의 말이 나 온다.

해변을, 고향 근처의 시골길을 몇 시간이고 정처 없이 헤매던 때가 기억난다. 어느 날 아침, 새벽에 일어나서 해변을 걸었다. 하늘이 푸르른 맑고 아름다운 아침이었다. 하늘에는 구름 한 점 없었고 사방은 너무나 고요했다. 저 높이, 보이지 않을 만큼 높은 곳에서 갈매기 한 마리가 날고 있었다. …… 나는 기억한다. 삶이 얼마나 소중한 선물인지를 느끼며 감동에 휩싸였던 그때를……. 모든 하루의 모든 순간은 소중히 여겨져야 하고 음미되어야 하는 것이었다. 그런 순간이 얼마나 오랫동안 주어질지 우리는 결코 알지 못하니까.[10]

우리 아들이 죽었을 때, 나는 삶이 얼마나 소중한지를 나름의 방식으로 깨닫기 시작했다. 나는 삶을 선물이라고 표현했다. 그렇지만 삶이란 선물이라기보다는 실은 하나님이 우리에게 빌려 준 것임을 알게 되었다. 우리가 무엇을 가질지, 우리가 어떤 사람이며 앞으로 어떤 사람이 될지는 온전히 우리의 뜻대로 할 수 있는 것이 아니다. 나는 삶의 경험들이 이 점을 우리에게 늘 납득시키고 있다고 믿는다. 삶은 우리의 뜻대로 할 수 있는 것이 아니다. 삶에는 연약함이 있다. 호주인들은 그것을 최근 몇 년 사이에 비극적인 방식으로 깨달아 왔다. 포트 아서에서 35명의 죽음과 스레드보에서 19명의 비극적인 죽음은 우리 가운데 삶을 보장받은 사람은 아무도 없다는 현실을 깨우쳐 주었다. 이것은 세계의 2/3 지역에 사는 사람들이 아주 잘 알고 있는 사실이다. 그들에게는 대규모 죽음이 일상적으로 벌어지는 일이기 때문이다─아프리카에서, 아시아와 남아메리카에서.

삶을 가장 잘 선용하려면 지금 이 순간을 살아야 하고, 그리하여 삶을 완전히 살아야 한다. 삶은 '무의미한 시간의 경과'에 불과한 것이 아니라 그 훨씬 이상의 것이 될 수 있다. 그럼에도 불구하고 지금 이 순간을 사는 것은 인간에게 몹시 어려운 일이다. 우리는 사랑하는 사람의 죽음과 같은 삶의 비극이 없이도, 불치병에 걸렸다는 선언을 듣지 않고도 삶을 당연하게 여기지 않는 법을 배울 수 있다. 우리는 그것을 지금 배울 수 있다. 이 책이 말하고자 하는 것이 바로 그것이다─지금 이 순간을 더 잘 사는 법을 배우는 것.

# 2
# 오늘보다 소중한 날은 없다

그런 사람들은 삶이 귀중하다는 것을,
모든 하루가 선물이라는 것을,
모든 새로운 태양이 특별하다는 것을 알게 된다.

젊었을 때는 삶이란 원래 문제가 없어야 하는 것이라고 믿었다. "우리는 행복하기 위해 이 땅에 태어났다. 문제들과 실망들은 정상적인 것이 아니며 용납할 필요가 없는 것들이다."라고 믿을 만큼 나는 지나치게 이상주의적이었다. 하지만 곧 삶이란 그렇지가 않다는 것을 깨닫게 되었다. 삶은 문제와 슬픔과 실망들로 가득 차 있다. 그럼에도 불구하고 삶을 완전히 살 수 있는 비밀이 있는데, 그것은 삶이 우리에게 날마다 가져다주는 문제들에 긍정적으로 대응하는 방식을 찾는 것이다. 먼저 길을 간 사람들의 삶과 지혜는 가장 좋은 참고 자료가 된다.

　예수 그리스도는 인간이 살아가는 최선의 길에 대해 많은 얘기를 하셨다. 그분은 그런 삶을 위한 열쇠 가운데 하나는 지금 이 순간을 사는 것이라고 말씀하신다. 산상 수훈에 담긴 그분의 가르침은 우리에게 깊은 통찰을 전해 준다.

그러므로 내가 너희에게 이르노니, 목숨을 위하여 무엇을 먹을까 무엇을 마실까, 몸을 위하여 무엇을 입을까 염려하지 말라. 목숨이 음식보다 중하지 아니하며, 몸이 의복보다 중하지 아니하냐. 공중의 새를 보라. 심지도 않고 거두지도 않고 창고에 모아들이지도 아니하되 너희 하늘 아버지께서 기르시나니, 너희는 이것들보다 귀하지 아니하냐. 너희 중에 누가 염려함으로 그 키를 한 자나 더할 수 있겠느냐. 또 너희가 어찌 의복을 위하여 염려하느냐. 들의 백합화가 어떻게 자라는가 생각하여 보라. 수고도 아니하고 길쌈도 아니하느니라. 그러나 내가 너희에게 말하노니, 솔로몬의 모든 영광으로도 입은 것이 이 꽃하나만 같지 못하였느니라. 오늘 있다가 내일 아궁이에 던져지는 들풀도 하나님이 이렇게 입히시거든 하물며 너희일까보냐, 믿음이 적은 자들아. 그러므로 염려하여 이르기를, 무엇을 먹을까 무엇을 마실까 무엇을 입을까 하지 말라. 이는 다 이방인들이 구하는 것이라. 너희 하늘 아버지께서 이 모든 것이 너희에게 있어야 할 줄을 아시느니라. 그런즉 너희는 먼저 그의 나라와 그의 의를 구하라. 그리하면 이 모든 것을 너희에게 더하시리라. 그러므로 내일 일을 위하여 염려하지 말라. 내일 일은 내일 염려할 것이요, 한 날의 괴로움은 그 날로 족하니라.

－마태복음 6장 25－34절[11]

## 걱정이 우리를 병들게 한다

예수님은 걱정이 아무것도 이루지 못한다고 말씀하신다. 사실 걱정은 오로지 역효과만 낳을 뿐이다. 걱정은 문자 그대로 우리를 병들게 할 수 있으며, 고혈압과 위궤양, 암 등 수많은 질병을 일으키는 주요 원인이다.

예수님은 걱정하는 대신에 하나님을 신뢰해야 하는 합당한 이유들을 말씀하신다. 그리고 하나님께 모든 것을 내맡기는 평생의 습관을 삶의 비결로 보신다. 만일 하나님이 정말로 신이라면, 왜 그분이 우리 삶의 모든 부분을 맡을 수 없겠는가? 하나님이 정말로 신이라면 우리에 관한 모든 것을 알고 계실 것이기 때문이다. 어떤 희망이나 상처, 꿈, 실망이라도 하나님께 알려지지 않는 것은 없다.

외할머니가 즐겨 들려주시던 한 남자의 이야기가 있다. 그는 커다란 감자 자루를 메고서 흙먼지 날리는 시골길을 비틀비틀 걸어가고 있었다. 어느 농부가 자루를 함께 들어 주겠다고 제안하자 그는 고마워하며 제안을 받아들였다. 그런데 얼마 후에도 그 남자는 여전히 어깨에 감자 자루를 메고 있었다. 농부가 "괜찮아요. 감자 자루를 제게 맡겨도 됩니다."라고 말하자, 남자는 "오, 안 돼요. 당신이 내 감자 자루를 나만큼 잘 메고 갈 수는 없을 것 같아요."라고 대답했다. 우리는 감자 자루를 멘 남자의 어리석음에 웃음을 터뜨렸다. 하지만 우리 역시 하나님께 너무 자주 이런 식으로 반응한다. 우리는 우리의 근심을 하나님께 맡길 권리가 없다고 느낀다. 하나님은 세계적으로 중요한 문제들을 다루시느라 너무 바빠서 우리의 문제들에 신경 쓸 겨를이 없을 것이라고 믿는 것이다.


## 하나님의 창조물에게 배우자

산상 수훈에서 예수님은 하나님을 더욱 완전히 신뢰하는 법을 우리에게 가르치기 위해 창조물을 이용하신다.

"새들을 보라." 예수님은 말씀하신다. "새들은 하나님을 신뢰하는 자세에 대해 우리에게 많은 것을 가르친다. 새들은 씨앗을 뿌리거나 곡식을 거두지 않지만, 그렇다고 해서 굶주리는 것은 아니다. 새들은 게으르지도 않다. 참새보다 더 바쁜 것이 있는가? 그들은 둥지를 짓고 먹이를 찾으며 새끼들을 돌본다."[12]

요컨대, 새들은 씨를 뿌리거나 곡식을 수확하거나 창고에 쌓아 두지 않지만 날마다 먹을 것을 얻는다는 것이다. 예수님은 말씀하신다. "걱정하는 자들은 그분을 신뢰하지 못하지만, 너희 하늘 아버지는 믿고 맡기며 살아가는 새들까지도 보살피신다." 예수님은 우리가 수많은 새들보다 훨씬 더 귀중하다고 말씀하신다. 그런데 어째서 우리는 아버지께서 우리의 모든 필요를 돌보지 않을 것이라고 생각하는 것일까?[13]

성경 속의 예수님은 꽤 심각한 분처럼 보일 때가 많다. 하지만 여기에서 우리는 그분이 유머 감각을 발휘하고 있는 것을 본다. 그분은 제자들에게 물으신다. 너희 가운데 누가 걱정으로 키가 더 커질 수 있느냐? 그분의 목소리에서는 장난기마저 느껴진다. 그분이 말씀하시는 요점은 단순하다. 아무리 많은 걱정을 하더라도 우리의 키를 더 키울 수는 없다는 것이다. 여기에서 '키'를 나타내는 그리스어 단어는 나이를 의미할 수도 있다. 따라서 예수님의 질문은 "걱정한다고 해서 너희가 더 오래 살 수 있겠느냐?"라고 해석될 수도 있다.[14] 답은 분명하다.

걱정은 아무것도 이루지 못한다. 오로지 우리에게서 현재의 삶을 앗아갈 뿐이다. 우리는 힘든 역경을 겪으면서 배운다. 걱정은 어떤 긍정적인 것도 이루지 못한다는 것을……. 걱정은 우리를 계속 불안해하는 상태 속에 가둘 수 있으며, 나아가 우리를 병들게 할 수도 있다. 걱정은 우리의 삶에 어떤 좋은 점도 더할 수 없다. 그런데 간혹 우리는 심지어 걱정할 거리가 하나도 없다는 점에 대해서까지 걱정하기도 한다. 예수님은 우리에게 미래나 과거에 대해 걱정하지 말라고 말씀하신다. 걱정은 아무것도 이룰 수 없기 때문이다. 그리고 그분은 옷으로 관심을 돌려 말씀하신다. 만일 하나님이 들판의 풀들까지 돌보신다면, 만일 하루는 여기에 있다가 다음 날이면 없어질 들풀들까지 돌보신다면, 그분은 우리를 얼마나 더 많이 보살피시겠는가? 그래서 예수님은 말씀하신다. 먹을 것이나 마실 것, 입을 것에 대해 걱정하지 말라고……. 하나님은 우리에게 필요한 것

을 알고 계시며, 우리의 모든 필요를 채워 주실 것이다.[15]


## 중요한 것을 먼저 하라

이제 예수님은 우리가 실천하기만 하면 현재를 더욱 효과적으로 살 수 있는 원칙 하나를 설명하신다. 그분은 우리가 하나님의 현실에 더욱 몰두해야 한다고, 무엇보다 먼저 하나님의 '나라와 의'를 구해야 한다고 말씀하신다.[16]

우리 가운데 너무나 많은 사람들이 우리 자신의 필요를 먼저 채우기 위해 애쓰면서 삶을 허비한다. 하지만 그것은 말 앞에 마차를 두는 꼴이다. 우리는 삶의 한가운데에서 하나님과 관계를 갖도록 계획되었다. 모든 인간은 그들의 삶에 하나님의 모습을 한 공간을 가지고 있다. 우리가 그 공간을 하나님으로 채우고 바르게 살기를 구할 때, 나머지 모든 것은 제자리를 찾을 것이다. 반면에 만일 우리가 하나님을 대수롭지 않게 여기며 그 공간을 오직 물질로만 채우고자 애쓰면서 우리의 삶을 허비한다면, 그 어느 것도 우리를 완전히 만족시키지 못한다는 것을 알게 될 것이다. 예수님은 우리의 그런 인식을 뒤흔드시며, 하나님을 중심에 둘 때 우리의 모든 물질적 필요와 영적 필요들이 함께 채워질 것이라고 선언하셨다.


## 내일 일은 내일에 맡겨라

예수님은 신비적이며 다소 환상적인 스승으로 그려질 때가 있지만, 그분에게는 예리한 현실성이 있다. 그분은 말씀하신다. "그러므로 내일 일을 위하여 염려하지 말라. 내일 일은 내일이 돌볼 것이기 때문이다."[17]

이 말씀은 무슨 뜻일까? 마음의 힘이 물질보다 우위에 있다는 주장의 초기 형태일까? 만일 우리가 어떤 문제에 대해 걱정하지 않는다면 그 문제가 저절로 사라져 없어질 것이라는? 예수님은 그 시절에 이미 긍정적인 생각의 힘을 주장하셨던 것일까? 또는 어떤 패러다임의 전환을 주창하며 사람들에게 '상자 바깥'을 내다보는 어떤 방법을 권유하고 있었던 것일까? 그렇든 아니든 예수님은 미래의 날들에 대해서는 물론이고 내일에 대해서도 걱정할 필요가 없다고 대담하게 선언하셨다. 이것은 언제든지 걱정하지 않아야 한다고 말하는 또 하나의 방식이었다.

영화 〈바람과 함께 사라지다〉에서 스칼렛 오하라는 집에 침입한 병사를 총으로 쏘아 죽이고는 말한다. "아니, 지금은 그 일에 대해 생각하지 않을 거야. 내일 걱정할 거야!" 우리는 걱정에 대해 이런 식의 태도를 가져야 한다. 내일의 걱정은, 만일 우리가 그것을 내일로 미룬다면, 걱정이 아니다. 왜냐하면 "내일은 결코 오지 않기" 때문이다. 만일 걱정이 '내일'로 제한된다면, 우리는 걱정 없이 살게 될 것이다. 우리에게는 언제나 '오늘'만 있기 때문이다.[18]

예수님은 이렇게 말씀하시며 끝을 맺는다. "오늘의 괴로움은 오늘로 충분하다." 역시 아이러니한 유머가 느껴진다. 우리는 이것이 진실이라는 것을 직관적으로 안다. 괴로움이 없는 날들이 얼마나 되겠는가? 그러나 우리는 오늘에 대해서는 거의 걱정하지 않는다. 우리를 괴롭히는 것은 바로 미래다. 그래서 만일 오늘에 대해서만 걱정한다면, 우리는 걱정을 물리칠 수 있다. 삶의 문제들에 대해서 걱정과 두려움으로 반응하는 것과, 우리를 사랑하는 하나님에 대한 확고한 믿음으로 직면하는 것 사이에는 큰 차이가 있다고 예수님은 말씀하신다.

내 경험에 비추어 볼 때, 우리에게서 지금 이 순간의 삶을 가장 확실히 앗아가는 것은 미래에 대한 걱정이다. 나는 미래에 대한 걱정이 내 삶으로부터 지금 이 순간의 풍요로움을 앗아가도록 오랜 세월 허용했다. 미래에 대한 걱정 때문에 제대로 삶을 즐기지도 못했으며 늘 마음이 분산되어 있었다. 물론, 우습게도 우리가 걱정하는 일의 99퍼센트는 결코 일어나지 않는다. 하지만 그때는 너무 늦다. 지금 이 순간은 이미 왔다 가 버렸기 때문이다.


## 만족의 비밀

내가 아는 사람들 중에 자신이 가진 것에 만족하는 사람은 매우 드물다. 돈에 관해서는 분명히 그렇지만, 건강, 직업과 경력, 교육 기회, 몸과 외모 등 우리 삶의 다른 측면들에 대해서도 마찬가지다. 예전에 나는 많은 미용사들에게 자신의 머리 모양에 만족하는 사람이 얼마나 되더냐고 물은 적이 있다. 그들의 대답은 늘 똑같았다. 자기의 머리에 만족하는 사람은 거의 없다는 것이다. 머리카락이 곧은 사람들은 곱슬머리나 물결 모양을 원하며, 머리를 그런 식으로 만들기 위해 많은 돈을 쓸 준비가 되어 있다. 반면, 머리카락이 곱슬머리나 물결 모양인 사람들은 십중팔구 곧은 머리를 원한다. 머리가 금발이면 갈색이나 검은 머리를 원하고, 머리카락이 굵으면 가늘기를 원한다. 그런 목록은 이런 식으로 계속 이어진다. "남의 집 잔디가 항상 더 파릇파릇해 보인다."는 옛 속담은 우리 삶의 거의 모든 영역에 해당된다. 하지만 지혜는 우리가 가진 것에 만족하는 데 있다.

자신이 무엇을 가지고 있든지 그 가진 것에 늘 만족했던 사람은 사도 바울이었다. 당시에 사울이라는 이름으로 불린 바울은 열성적인 기독교 반대자였다. 그러나 다마스쿠스로 가는 길에서 그리스도를 만난 뒤로 바울은 그분의 가장 위대한 옹호자가 되었다. 바울은 자신의 상황이 어떠하든 거기에 만족하는 법을 배웠다. 그는 몇 번이나 체포되었고, 얻어맞았고, 감옥에 갇혔으며, 살해당할 뻔한 적도 여러 번이었다. 하지만 그는 어떤 상황에 처해 있든 늘 만족하는 비밀을 배웠으며, 과거에 대한 죄책감이나 미래에 대한 걱정 없이 지금 이 순간에 만족하며 살 수 있었다. 자기의 삶이 하나님의 보살핌 안에 있다는 것을 알았기 때문이다. 한번은 사람들에게 기독교를 전했다는 이유로 실라와 함께 감옥에 갇혀 있었는데, 한밤중에 극도로 불편한 감옥에서 그는 실라와 찬송가를 부르기 시작했다. 감옥에서 찬송가를 부르는 것은 흔한 일이 아니었다. 그때도 그랬고 지금도 그렇다. 바울은 말한다.

> 내가 궁핍하므로 말하는 것이 아니니라. 어떠한 형편에든지 나는 자족하기를 배웠노니, 나는 비천에 처할 줄도 알고 풍부에 처할 줄도 알아 모든 일 곧 배부름과 배고픔과 풍부와 궁핍에도 처할 줄 아는 일체의 비결을 배웠노라. 내게 능력 주시는 자 안에서 내가 모든 것을 할 수 있느니라.
>
> —빌립보서 4장 11절–13절[19]

## 불가사의와 씨름하기

아들 제임스가 죽은 뒤, 나는 이 아이에게 왜 이런 일이 일어났는지 그 이유를 이해하기 위해 날마다 몸부림쳤다. 제임스는 아들이 태어나기를 간절히 고대하다가 얻은 아이였다. 제임스가 죽고 나서 몇 달이 지난 뒤 나는 깨달았다. 그 아이에게 크리켓(야구와 비슷한 운동—옮긴이) 하는 법을 영원히 가르칠 수 없다는 것을……. 그것은 아들이 생기면 꼭 하리라 늘 상상하던 것이었다. 누나와 부모에게 아주 많은 사랑을 받았던, 태어난 지 9주밖에 되지 않은 이 아름다운 어린 소년이 죽어야한다는 것은 너무나 불공평해 보였다. 할 수만 있었다면 부모인 우리가 그 아이 대신에 죽었을 것이다.

역사와 삶은 불공평으로 가득 차 있다. 두 번의 세계 대전, 홀로코스트, 그리고 캄보디아, 르완다, 보스니아에서 있었던 인종 청소 등 유사 이래 가장 끔찍한 사건들은 아이러니하게도 이른바 가장 문명화되었다는 20세기에 일어났다. 왜 이런 끔찍한 비극들이 일어나도록 하나님이 허용하셨는지 나는 아직 이해하지 못하지만, 적어도 하나님을 내 기준에 종속시킬 수 없다는 것은 알게 되었다. 내 아들이 살 수 있는 기회를 얻기도 전에 죽은 것은 분명 불공평해 보인다. 그러나 예수님이 불과 서른세 살의 나이로 돌아가신 것, 매들린과 앨러나가 그들 앞에 놓인 수많은 날들을 살아 보지도 못한 채 포트 아서에서 죽은 것, 나치에 의해 유대인 6백만 명이 학살당한 것도 역시 공평하지 않았다. 수백만 명의 사람들이 캄보디아에서, 르완다에서, 보스니아에서 죽었다. 홀로코스트 기간 중에 유대인 수만 명의 생명을 구한 라울 왈렌버그는 구소련에 의해 부당하게 투옥당해야 했다.

나는 하나님이 내 판단에 종속되지 않는다는 것을 깨달았다. 하나님의 길은 내 길보다 높고, 하나님의 생각은 내 생각보다 높다(이사야 55장). 때가 되면 우리는 더욱 분명히 볼 것이며, 지금은 이해되지 않는 것들이 그때는 이해될 것이다.

나는 믿는다. 지금은 이해되지 않는 일들도 결국에는 우리 삶을 위한 하나님의 사랑의 목적 가운데 일부였다는 사실이 증명될 것이라고. 나로 하여금 지금 이 순간을 더욱 완전히 살 수 있게 하는 것은 바로 이 믿음이다.


## 한 번에 하루를 살기

영성에 관한 글을 쓰는 호주의 작가 마가렛 휴스턴은 지금 이 순간을 사는 법을 배운 사람이다. 내가 아는 가장 놀라운 사람들 가운데 한 명인 마가렛은 우리 대부분이 어렴풋이 알아차리지만 완전히 이해하지는 못하는 것, 즉 '지금 이 순간을 산다'고 할 때의 지금 이 순간에는 황홀한 순간들만이 아니라 평범한 순간들, 심지어 고통스러운 순간들까지도 포함된다는 것을 배웠다.

이 주제에 대해 얘기해 달라고 요청했을 때,[20] 그녀는 자신에게는 지금 이 순간을 사는 것이 하나님에 대한 믿음과 떼어 놓을 수 없이 연결되어 있다고 말했다. 그녀가 묘사한 그 믿음은 어떤 종교적인 규범들에 복종하려는 노력이 아니라 연애와 같은 것이었다. 그녀는 C. S. 루이스의 연극 〈새도우랜드(Shadowlands)〉를 인용하며 이야기를 시작한다. "아니, 나는 더 이상 다른 어떤 곳에 있고 싶지 않아요. 새로운 어떤 일이 일어나기를 기다리지도 않고, 다음 모퉁이나 다음 산의 너머를 미리 보고 싶지도 않아요. 지금 여기—이걸로 충분해요."

마가렛은 덧붙인다.

모든 연인은 사랑하는 사람이 존재하는 것만으로도 충분하다는 것을 알아요. 그래서 내게는 지금으로 충분합니다—이 탁자에 앉아 있는 것, 이 커피를 마시는 것, 이 풍경을 바라보는 것, 이 문장과 씨름하는 것, 이 긴장된 목 근육의 통증을 느끼는 것. 그것으로 충분해요. 내면이든, 바깥이든, 어디에서든 어떤 깊은 곳에서 나는 그분과 함께 하고 있고 소통하고 있다는 것을 알고 있으니까요.

지금 이 순간은 대부분의 순간들과 같죠. 평범한, 특별할 것이 없는, 일상적인 순간들. 하지만 사랑하는 사람이 인간이든 신이든 그 연인과 함께 있는 것은 모든 것을 변화시키고, 심지어 지루함조차 참을 수 있게 합니다. 이 연극에서 C. S. 루이스도 말하죠. "경험은 잔인한 스승이다—그러나 당신은 배운다, 신에 의해, 당신은 배운다." 경험은 나의 잔인한 스승이었어요. 진실을 사랑한다는 것은 지금 이 순간을 실제 있는 그대로 본다는 뜻입니다. 나의 생각들이 아무리 아름답고 꽃들이 아무리 사랑스럽고 새들의 노랫소리가 아무리 감미로워도, 하나님이 없다면 지금 이 순간은 무익합니다. 삶을 창조하신 하나님이 없는 삶은 헛되고 황량하고 텅 비고 무의미해요. 그리고 두렵게 하죠.

두려움과 지루함은 나를 하나님의 품 안으로 데려갔어요. 하나님은 실망으로부터 벗어날 마지막 피난처였습니다. 나는 간절한 마음으로 로렌스 수사와 토마스 켈리의 글을 읽었어요. 그들은 어떤 깊은 만족과 내면의 평화를 발견한 것 같았지만, 그러면서도 다른 세계에 속한 초월적인 영적 성자로 보이지는 않았어요. 마치 우리가 '붐비는 파티장 저편에서' 특별한 사람을 발견하기를 소망하며 자라지만, 알고 보면 그도 역시 사랑과 음식, 깨끗한 양말을 필요로 하는 또 하나의 사람인 것과 마찬가지죠.

모르는 사이에 조금씩 나는 삶을 살기 시작했어요. 삶은 지루하지 않아요. 그렇다고 안락하지도 않죠. 더 많이 변화하고 더 많이 도전하면서 그리스도를 닮아 갑니다. 나는 이 순간에는 이 순간을 삽니다. 이 순간은 하나님과 관계하면서 내게 필요한 신체적인 에너지, 감정적인 능력, 내면의 풍요로움을 갖는 유일한 시간이기 때문이에요. 말하자면, 하나님은 내가 지금 이 순간을 살기를 원하시고, 나는 그렇게 살 수 있는 은총을 받고 있을 뿐이죠.

어떤 사람들은 비극적인 일과 트라우마를 겪고서 지금 이 순간을 사는 법을 배운다. 이들 가운데는 자기의 또는 사랑하는 사람의 불치병과 직면해야 했던 사람들이 있다. 보스니아와 르완다의 인종 청소 같은 커다란 인간적 비극을 겪으며 살아남은 사람들, 또는 포트 아서 사건과 같은 잔혹한 살육에서 살아남은 사람들도 있다. 그런 사람들은 삶이 귀중하다는 것을, 모든 하루가 선물이라는 것을, 모든 새로운 태양이 특별하다는 것을 알게 된다.

## 조앤의 이야기

조앤 코니쉬는 트라우마를 겪은 뒤 지금 이 순간을 더욱 잘 사는 법을 배운 사람이다. 그녀의 아버지는 다발성 경화증으로 20년간 투병한 뒤 1990년에 세상을 떠났다. 그 후 미스 호주로서 할 일을 다 마친 그녀는 6주 후에 호흡 곤란증으로 의사를 찾아갔다. 검사 결과 그녀의 가슴과 폐에서 다섯 개의 종기가 발견되었다. 조앤은 목숨을 위협하는 희소 암인 호지킨 림프종을 앓고 있음이 99퍼센트 확실하다는 말을 들었다. 그녀는 이야기한다.[21]

48시간 동안 수많은 감정을 경험했어요. 처음에는 사실을 완전히 부정했고, 마지막에는 분노가 폭발했죠. '이건 공평하지 않아. 나는 아직 꿈을 펼쳐 보지도 못했단 말야. 내겐 이미 나쁜 일들이 충분히 많이 일어났어. 이젠 다른 누군가의 차례여야만 해.'라고 느꼈죠. 첫날 밤에 이 모든 생각과 감정들을 경험했어요.

그러다가 불현듯 뭔가가 이해되었는데, 나는 이것을 '비서의 상태'라고 부르죠. 나는 그 현실을 바꿀 수는 없다는 걸 깨달았던 거예요. 내가 할 수 있는 일은 아무것도 없었어요. 그 질병은 내가 조금도 통제할 수 없는 것이었죠. 마치 내가 정복당한 것이나 마찬가지였어요. 나는 생각했어요. '그것을 바꾸기 위해 내가 할 수 있는 일은 아무것도 없다. 그것과 함께 흘러가는 수밖에 없어.' 그리고 정확히 그렇게 했어요.

그 뒤의 생활은 자동적이다시피 흘러갔어요. 병원에 입원했고, 엄마가 점심 식사를 하셨는지 확인하고 친구들에게 소식을 알리면서 대부분의 시간을 보냈죠. 나는 질병을 바꿀 수 없었어요. 그래서 질병에 대해 생각하지 않기로 결심했어요. 그 전에는 신나는 일들이 아주 많이 일어났기 때문에 내가 생생히 살아 있다고 느꼈었죠. 그래서 내가 보인 첫 반응은 일종의 자기 연민이었던 거예요. 너무나 불공평해 보였으니까요.

그런데 사흘 동안 정밀 검사를 한 뒤 의사는 암이라는 진단이 잘못되었음을 알게 되었다. 조앤의 질병은 치료할 수 있는 것이었고 목숨을 위협하는 것도 아니었다. 그 말을 듣고 조앤은 분노했다.

의사가 암이라고 하고선 다시 아니라고 번복해서 화가 난 게 아니었어요. 내가 화난 이유는 병원에 사흘 동안 누워서 이 암을 극복하기 위해 앞으로 해야 할 일들을 계획하고 있었기 때문이에요. 병원에 화학 요법을 받으러 오가면서도 방송국 일을 하기 위해 아주 상세한 계획을 힘들여 짰거든요. 직장과 가족을 위해 해야 할 수많은 일을 계획했고, 심지어 모근을 강화하면 탈모를 줄일 수 있을까 싶어 미용사를 만나 볼 계획까지 세웠죠. 이 모든 계획을 일일이 세웠던 거예요.

내년까지 세심하게 짜 놓은 이 모든 계획들이 다 쓸모없게 되어 버려 화가 났던 건데, 갑자기 이젠 내게 암이 없다는 생각이 떠올랐어요. 그리고는 세 시간 동안 곯아떨어졌죠! 완전히 기진했어요.

조앤은 이런 경험들이 현재를 더욱 완전히 살도록 도왔다고 말한다.

어린 시절에 아빠는 언제나 아팠고 나중에는 요양원에 들어가야 했어요. 엄마는 생계를 위해 이라크로 떠나기를 선택했구요. 그 어린 시절을 뒤돌아볼 때, 나는 더 이상 어떤 것도 내게 잘못될 수 없다고 생각했어요. 이미 충분히 고통스러운 시간을 보냈으니까요. 남은 삶은 근사해야 했어요. 그런데 내 질병이 암일 수 있다는 말을 들었을 때, 가슴 아픈 일은 늘 일어나고 있고, 몇 번 불행을 겪었다고 해서 남은 삶이 근사할 거라고 믿을 수는 없다는 걸 깨달았어요.

이런 일들을 경험하며 나 자신이 더욱 강해졌음을 느껴요. 그리고 내가 정복될 수 없는 요새가 아님을 깨닫게 된 것 같아요. 그동안 나 자신을 강한 사람으로 여겼지만, 이 경험을 통해 몸을 더욱 잘 돌보고 보살펴야 한다는 것을 배웠죠. 이제는 내게 주어지는 모든 순간, 모든 하루, 모든 우정, 모든 생각을 소중히 여기는 법을 배우고 있어요. 그것들은 언제라도 순식간에 우리 곁을 떠나갈 수 있으니까요. 앞으로 다시는 그런 일을 당해 사람들에게 말해야 할 것들과 해야 할 일들이 있고, 수술을 받기 전에 급히 전화해야 할 일들이 있는 상황에 놓이고 싶지는 않아요.

조앤은 또 말한다.

아빠가 돌아가시고 열두 달이 지난 뒤 엄마는 이라크에 가서 살기로 결심했어요. 너무 화가 났죠. 엄마가 론체스턴에 눌러 살면서 서서히 늙어 가고 싫증날 때까지 살기를 바랐거든요. 내가 필요로 할 때마다 그 자리에 있기를 바랐어요. 엄마들은 그래야 한다고 믿었죠. 그런데 엄마는 야속하게도 다른 세계로, 우리들이 보기에는 몹시 위험해 보이는 곳으로 떠나 버렸어요. 그래서 절대로 다시는 엄마를 필요로 하지 않겠다고 마음먹었죠. 엄마에게 의존하고 싶지 않았고, 엄마를 엄마로서도 친구로서도 필요로 하고 싶지 않았어요.

하지만 병원에 입원했을 때, 내가 곁에 있어 주기를 원한 사람은 엄마뿐이었어요. 우리가 이런 마음의 게임을 하고 있는 동안에도 내게는 가족이 필요하다는 걸 깨달았죠. 언제나 엄마를 필요로 할 것이라는 점을 깨닫게 되었어요. 그렇지만 나는 내 삶을 잘 살면서도 엄마는 자신의 삶을 포기하고 나를 위해 여기에 있기를 원하는, 그런 이기적인 태도는 그만두어야 한다는 것도 알게 되었죠. 엄마를 보내 드려야 했지만, 언제나 엄마를 필요로 하고 원할 것이라는 것을 알았던 거예요. 우리의 관계는 그때 이후로 무척 달라졌어요.

## 사라 밴험

폴 밴험과 제인 밴험 부부는 1993년의 성탄절을 결코 잊지 못한다.[22] 그들의 열한 살 난 딸 사라가 성탄절 전까지 닷새간 아팠다. 밤에 구토하고 고열에 시달리는 사라를 부모는 마을의 병원에 데려갔다. 의사는 그녀의 위통이 바이러스성 장 질환으로 보인다고 말했다. 다음 날 가정병원에서도 비슷한 진단을 내렸고, 성탄절 전야까지 호전되지 않으면 사라를 다시 데려오라고 했다.

성탄절 전야에 사라는 구토를 멈추었다. 열이 내렸고 거의 하루 종일 잠을 잤다. 그런데 나흘이 지나도 사라가 회복되지 않자 부모는 그녀를 다시 의사에게 데리고 갔다. 의사는 진찰을 한 뒤 사라의 비장이 커진 것을 발견했고 초음파 검사를 받도록 했다. 검사를 하자 사라에게서 종양이 발견되었다. 종양을 제거하기 위해 수술을 해 보니, 사라의 종양은 철저한 방사선 치료와 화학 요법이 필요한 공격적인 유형의 암이었다. 사라는 10주간의 화학 요법과 18일간의 방사선 치료를 받아야 했다.

폴과 제인은 사라에게 종양이 있다는 소식을 듣고 충격을 받았다. 그 종양이 그런 철저한 치료를 필요로 하는 공격적인 암이라는 것을 알았을 때 그들의 충격은 더욱 깊어졌다. 딸이 치료를 받으면서 고통스러워하는 모습을 지켜보는 일은 그들에게 무엇보다도 힘든 일이었다. 이후 15달간 치료를 하던 중 정밀 검사를 통해 또 다른 종양이 발견되었다. 두 번째 종양을 제거하기 위한 긴 수술이 있은 뒤에 멜버른에서 3일 동안 화학 요법을 실시했고, 일주일 넘게 격리된 채 수혈이 이어졌다.

제인과 폴은 하나님에 대한 신실한 믿음이 있었으며, 이 기간 동안 사람들이 사라를 위해 기도해 주고 있다는 것을 알게 되었다. 폴은 사라에게 일어난 그 모든 일들의 결과로 자신의 믿음이 더 커졌다고 말했다.

처음에는 하나님이 우리의 즐거움을 방해하는 훼방꾼처럼 느껴졌어요. 그분이 내 삶을 위해 원하는 것이 무엇인지 알아보고 싶은 마음조차 없었죠. 그래도 첫날부터 기도했어요. "하나님, 사라는 당신의 손 안에 있습니다. 당신 뜻대로 하세요." 나는 사라가 태어나자마자 그 아이를 안고서 하나님께 그 아이를 돌봐 주시라고 기도했죠. 늘 그렇게 기도했어요.

내가 밴험 부부와 대화할 때, 그들은 방금 전에 사라의 암이 재발했고 예후가 좋지 않다는 소식을 들은 상태였다. 이것이 폴의 태도를 바꾸었던가? 아니, 그렇지 않았다. 그는 그저 하나님께 기도했다. "그 아이는 당신의 손 안에 있습니다. 저희는 할 수만 있다면 그 아이가 살아 있기를 원하고 잘되기를 원합니다. 하지만 어떤 일이 일어나든지 그 아이는 당신의 손 안에 있습니다."

사라의 엄마 제인은 최근 〈모래 위의 발자국〉이라는 시가 쓰인 액자를 받았다고 했다.

다음 몇 달 동안 우리는 그 시가 진실하다는 것을 실제로 경험할 기회를 갖게 되겠죠. 이 시기에 하나님이 우리 가족을 안고 가시게 해 드릴 기회를……. 전에는 주차할 곳을 찾게 해 달라고 기도하곤 했어요. 이제는 사라가 고통 받지 않게 해 달라고 기도합니다. 요즘엔 통증을 많이 완화시켜 주는 의료 서비스가 있다는데, 그 서비스의 도움을 받을 수 있도록 기도해요. 하나님은 우리 아버지시니까 이해하실 거예요. 우리에게 약간의 시간이 필요하다는 걸, 그리고 (사라가 세상을 떠나도) 우리가 그분에게 분노하지 않고 여전히 그분을 사랑할 것이라는 걸…….

제인은 이 경험을 통해 많은 것을 배웠다고 말한다.

사라가 병을 앓는 동안 사람들은 말했죠. "어떡해요, 그 아이는 하나밖에 없는 딸이잖아요!" 하지만 우리에게는 딸이라도 있었어요. 세상에는 딸을 가져 보지 못한 사람들도 있고, 아예 자녀를 가져 보지 못한 사람들도 있어요. 우리에게 사라가 있었던 기간만큼 자녀를 가져 보지 못한 사람들도 있구요. 우리는 우리에게 있는 것에 대해 감사하며 살았어요.

요즘 우리는 가족끼리 더 많은 걸 함께 하기 위해 노력해요. 처음으로 가족이 함께 캠핑을 갔는데, 아주 좋았어요. 내가 주말에 일하러 나가면, 남편이 아이들을 데리고 롤러 블레이드나 자전거를 탈 거예요. 이삼 년 전만 해도 우리가 하지 못했던 것들이죠. 크리스가 너무 어렸거든요. 아이들에게 돈이나 물건은 많이 주지 않지만, 시간은 아낌없이 주려고 해요. 아이들과 더 많이 함께 운동하고 함께 공부하려고 하죠. 우리는 예전보다 더 많이 아이들과 보내고 있답니다.

이 부부는 사라가 죽을 수 있다는 사실에 대해 사라와 솔직하게 얘기했다. 사라는 죽음을 걱정하지 않는다고 말할 수 있게 되었다. 부부는 두 아들에게도 누나가 죽을 수 있다는 얘길 해 주었다. 그렇게 해서 사라가 죽을 수도 있다는 것은 가족이 나누는 대화의 일부가 되었고, 부부는 소년들이 사라에게 하는 말을 듣곤 했다. "하늘나라에 가면 누나가 할 수 있는 일이 많아. 이것도 할 수 있고, 저것도 할 수 있고……."

1996년 7월, 사라 밴험은 집에서 세상을 떠났다.


## 피터 크로스웰


1996년 4월 28일, 일요일이었던 그날 오후 포트 아서에서 무슨 일이 일어났는지 모르는 호주인은 거의 없을 것이다. 그 일은 태즈메이니아 사람들의 영혼에 영원히 새겨진 비극이다. 영문도 모르는 서른다섯 명의 사람들을 그렇게 잔혹한 방식으로 살해한 사건은 이 나라 전체를, 아니 온 세계를 충격 속에 빠뜨리고 두려움에 떨게 만들었다. 그 이후 많은 사람들은 스스로 물었다. "만일 이런 무자비한 학살이 태즈메이니아 같은 곳에서 일어날 수 있다면, 그런 일은 어디에서나, 언제든지, 누구에게나 일어날 수 있지 않을까?"

피터 크로스웰은 1996년 4월 28일 그날, 포트 아서에 있었다.[23] 피터는 캠핑을 운영하고 암에 걸린 아이들을 위한 프로그램을 지원하는 단체인 캠프 퀄리티의 지역 책임자였다. 그는 그날 가족 전체를 포트 아서에 데려갈 계획이었지만, 운 좋게도 각자 다른 볼일들이 생겨서 결국은 캠프 퀄리티의 순회 인형극사 두 명만 데리고 갔다. 역사 유적지 포트 아서에 도착한 그들은 브로드 애로우 카페에서 커피를 마시고 식사를 하기로 했다. 그들이 카페의 앞쪽 자리에 앉은 뒤, 곧바로 카페 뒤쪽에서 "탕!" 하는 큰 소리가 연이어 났다. 두 인형극사 가운데 한 명은 그 총소리들이 역사적 사건을 재현하는 것인가 보다고 짐작했다. 그러나 피터는 포트 아서에서는 그런 종류의 재현을 한 적이 없으며 주방에서 뭔가 폭발하는 소리일 것이라고 말했다. "탕!" 하는 소리가 연이어 났을 때 피터 크로스웰은 그 소리들이 무엇인지 알아차렸다. 총소리였다. 총을 든 사내는 카페에서 점심을 먹고 있던 사람들을 차례차례 쏘아 죽였다. 피터 크로스웰은 그들이 총을 맞은 우연하고도 순차적인 방식이 그의 기억에 영원히 새겨졌다고 말한다. 그는 회상한다.

많은 사람들이 나를 향해 달려오던 모습이 떠오릅니다. 나는 그들과 카페 입구 사이에 앉아 있었거든요. 두 인형극사는 무슨 일이 일어나고 있는지 몰라서 멍하니 앉아 있었어요. 그래서 그들을 붙잡아 바닥으로 넘어뜨리고는 그들 위에 엎드렸습니다.

피터는 두 인형극사에게 가만히 있으라고 말했지만, 한 여성이 무슨 일이 벌어지고 있는지 보기 위해 고개를 들었다가 총에 맞았다. 운 좋게도 총알은 그녀의 모자를 맞추어 떨어뜨렸고 얼굴 왼쪽을 살짝 스치며 지나갔을 뿐 다른 상처는 입히지 않았다.

피터 크로스웰은 그곳에 10분가량 엎드려 있었던 것 같은데, 나중에 보니 1분 15초밖에 지나지 않았더라고 한다. 그동안 스무 명의 사람이 죽었다. 그는 완전히 겁에 질려 있었고 자기도 틀림없이 죽을 것이라고 믿었다. 그의 옆에서 바닥에 엎드려 있던 (인형극사가 아닌) 한 사람도 머리에 총을 맞았다.

그는 기념품 가게에 있던 사람들을 죽이려고 걸어가면서 내다리를 넘어갔습니다. 총격이 벌어지는 동안에 나도 총탄의 파편에 부상당했죠. 그래도 다행히 파편은 살갗에만 부상을 입혔고, 몹시 아프긴 했지만 큰 부상은 아니었습니다.

피터는 처음에는 겁에 질렸지만 잠시 뒤 굉장한 고요함을 경험했다고 말한다.

그건 특별한 경험이었습니다. 그런 고요함을 느낀 건 분명 내가 죽을 것이라는 점을 받아들였기 때문일 겁니다. 아내와 아이들에게 작별 인사를 하지 못해 많이 안타까워하면서 앞으로 그들이 어떻게 감내하며 살아갈지 염려했던 일이 생각납니다.

1996년 4월의 그 끔찍한 날 이후로 피터 크로스웰은 아주 많이 변했다. 그러나 모든 것이 낫게만 변한 것은 아니었다. 처음에 그는 아내와 훨씬 가까워졌지만, 두 해 전에 그의 결혼 생활은 파경을 맞았다. 4월 28일의 사건 때문에 받은 스트레스들이 큰 원인이었다. 하지만 그는 그 살육으로 인한 충격과 슬픔을 감당해야 했던 경험이 자신이 늘 대하는, 암에 걸린 아이를 둔 가족들의 마음을 느끼는 데 많은 도움이 되었다고 말한다. "내가 겪은 경험과, 그들이 암에 걸린 아이의 가족으로 겪는 경험이 비슷하게 느껴졌습니다."

나 역시 그런 경험을 한 적이 있다. 아들 제임스가 죽은 뒤 그 해 브리스베인에서 열린 전국 유아돌연사 증후군 회의에 아내와 함께 참석했을 때 그런 느낌을 경험했었다. 내 옆에 앉아 있던 남성도 유아돌연사로 아이를 잃은 사람이었는데, 우리는 대화를 마치며 부둥켜안고 울었다. 자녀의 죽음을 경험한 사람들과 함께 있을 때는 그런 연대감이 있다. 그리고 그들은 비슷한 세계관을 공유하는 것 같다. 아이들은 죽을 수 있으며 세상은 더 이상 예전 어느 때만큼 안전하지 않을 것이라는 점을 이제 그들도 우리처럼 알기 때문이다.

피터 크로스웰은 이제 예전처럼 삶을 당연하게 여기지는 않는다.

이제는 내가 정말로 하고 싶은 것들을 하는 데 더 많은 시간을 쓰고 있습니다. 예전에는 "송어 낚시를 꼭 가야겠어."라고 말하면서도 그럴 시간을 내지 못했어요. 하지만 이제는 그렇게 합니다. 1996년 4월 28일에 깨달았으니까요. 내일이 언제나 오는 것은 아니라는 것을…… 일하는 방식도 바뀌었어요. 훨씬 더 집중해서 일합니다. 그러니까 더 좋은 결과를 내게 되더군요.

피터는 포트 아서 사건에 대해 생각하지 않고 넘어가는 날이 하루도 없다고 말한다. 그리고 그 이후로 그의 삶이 어떻게 바뀌었는지를 얘기한다.

포트 아서 사건이 내 삶의 일부가 되었음을 받아들인 것은 진정한 전환점이었어요. 그날의 끔찍한 기억들은 내가 짊어져야 하는 짐이고, 그날 일어난 일은 아무리 간절히 바꾸고 싶어도 그럴 수가 없죠. 하지만 그 일을 받아들이자 앞으로 나아갈 수 있었어요. 이제는 예전처럼 두려워하지 않습니다.

깊은 고통은 사람들에게 깊은 방식으로 영향을 미친다. 그런 고통을 하찮게 여겨 무시하거나 경건해 보이는 모습 속에 감추려 하는 것은 그런 고통을 대하는 바른 태도가 아니다. 그보다는 그 고통을 실제로, 진정으로 직면할 때, 우리가 경험한 일과 우리의 변한 모습이 줄 수 있는 공포를 더 잘 감내할 수 있게 된다. 그럴 때에만 산산이 부서진 우리의 삶이 다시 재건될 수 있다. 피터 크로스웰은 말한다.

내가 더 이상 할 수 없게 된 것들이 있습니다. 엽총으로 사냥하는 것도 그 중 하나죠. 그래도 삶은 계속됩니다. 매 순간을 살아갈 때 삶을 훨씬 잘 알아차리게 됩니다. 사실은 내게 남아 있는 날들을 생각할 때마다 흥분되곤 하죠. 이제 내 삶과 삶의 방향에 대해 더 많이 제어할 수 있게 된 것 같아 기분이 좋습니다. 세상을 더 낫게 변화시키도록 도움을 주고 싶은데, 위기에 처한 가족들을 돌보는 캠프 퀄리티의 일을 통해 그렇게 할 수 있을 것 같아요.

## 프랑수아의 이야기

태즈메이니아처럼 세상에서 가장 아름답고 친절한 곳에 살 때의 좋은 점 가운데 하나는 외국인 방문자들을 꾸준히 만날 수 있다는 것이다. 작년에는 프랑수아라는 이름의 그런 방문자를 만났다. 그는 머물 곳을 찾아 교회 사무실을 찾아왔는데, 하루나 이틀쯤 머물 예정이라고 말했다. 하지만 하루나 이틀은 몇 주일로 늘어났고, 우리는 프랑수아에 대해 더 많은 것을 알게 되었다. 그는 20년 동안 세계를 여행했으며, 여행하다가 돈이 떨어지면 일자리를 찾아 돈을 벌어 다시 여행한다고 했다. 프랑수아는 필요할 때마다 번번이 일자리를 찾곤 했는데 그게 참 놀라운 일이라고 했다.

그는 아프리카의 케냐 산을 오르다가 겪은 일을 들려주었다. 그 경험은 지금 이 순간을 사는 것이 중요함을 잘 보여 준다. 그는 산에 강도들이 많아서 등산이 위험하다는 경고를 받았지만 별 탈 없이 정상까지 올랐다. 그러나 산을 내려오는 길에 매우 수상해 보이는 두 남자를 만났는데, 그 중 한 명은 이제까지 그가 본 사람들 가운데 가장 사악해 보이는 얼굴을 하고 있었다. 그들은 프랑수아에게 가진 것을 다 내놓으라고 협박했다. 그래서 어떻게 했느냐고 묻자 그는 대답했다. "그들이 원한 것들을 다 주었어요. 그렇게 하지 않으면 살해당할 게 뻔했거든요." 그들은 입고 있는 속옷만 남기고 배낭과 옷까지 모조리 다 빼앗아 갔다. 심지어 신발까지 빼앗았다. 프랑수아는 알몸에 가까운 차림으로 케냐 산을 걸어 내려왔는데, 내려오는 동안 자신이 살아 있다는 사실이 너무 감사하여 가슴이 벅차 올랐다고 한다. 그리고 모든 것을 잃고 보니 자신에게 정말로 중요한 것이 무엇인지를 알 수 있었다고 했다. 비록 물질적인 것들은 모두 잃었지만, 삶은 여전히 계속될 것이고, 그는 세계 곳곳에 있는 친구들과 여전히 만날 수 있었다.

# 3
# 과거로부터의 자유

브렌다는 난생 처음 자신이 누군가에게
특별한 존재라는 느낌을 받았다고 말했다.
그리고 눈물이 흘러내리기 시작했다.
눈물을 멈출 수가 없었다.

## 삶의 풍요로움을 앗아가는 것

그동안 과거의 상처로 인해 삶이 힘겨운 사람들을 많이 만났다. 그 중에는 삶이 불구가 되어 버린 사람들도 있었다. 상처를 입히고 깊이 상하게 하는 경험들은 우리에게 오래도록 기억되고 지속되는 정서적인 반응들을 남길 수 있다. 이런 반응들은 우리가 원하는 대로 살아갈 자유를 제한하고, 하나님의 은총을 충분히 경험하지 못하도록 가로막는다.

이 자리에서 나는 과거의 상처들을 치유하는 이 모든 영역을 히브리-기독교 전통의 맥락으로 접근한다는 점을 밝히고 싶다. 그동안 나는 하나님이 나 자신을 포함하여 수많은 사람들의 삶에서 과거의 상처들을 치유하고 해결하는 것을 목격해왔다. 어떤 사람들이 말하듯이 "나는 과거의 상처들을 그냥 무시할 거야. 그런 일들이 일어나지 않은 척 가장하면 그 일들이 내게 어떤 영향도 미치지 않을 거야."라고 하는 것은 충분하지 않다. 과거의 상처들에 대해 그런 식으로 접근하면 부인(否認)이라는 감옥에 갇히게 될 것이다. 우리가 과거에 겪은 경험들이 우리의 현재 삶에 지대한 영향을 미친다는 것은 모든 증거들이 가리키는 사실이다.

자신의 책 《내면의 치유(Inner Healing)》에서 시어도어 돕슨은 내면의 치유가 필요한 사람들에게서 자주 발견되는 특징들을 얘기한다.

우리 모두가 지니고 있는 무거운 상처의 짐은 우리의 에너지를 고갈시켜 창조적이고 생산적인 활동을 못하게 하며, 자신이 무가치하다는 느낌과 죄의식을 느끼게 하고, 좌절하고 낙담하게 하며, 상대방을 용서하지 못하게 만든다. 이 무거운 짐은 더 이상 악영향을 미치지 않는다 해도 충분히 파괴적일 테지만, 그 정도로 그치지 않는다. 이런 부정적인 감정들은 시간이 지나면서 부정적인 태도들로 바뀌고, 내면에서 부정적인 행동 양식들을 발전시키기 시작하며, 우리의 과거는 우리의 현재를 파괴하기 시작한다. 매우 부정적인 그것은 이제 자기 자신까지 파괴하고 싶어 하며, 그래서 우리는 자기 파괴의 습관 혹은 죄의 습관을 발전시킨다.[24]

과거의 상처들은 우리의 현재 삶에 악영향을 끼친다. 이런 상처들은 너무나 깊어서, 지금 여기에서 맛볼 수 있는 삶의 풍요로움을 우리에게서 앗아갈 수 있다. 너무 많은 감정적 에너지가 과거의 상처들을 다루는 데 소모되어, 현재의 삶을 위한 에너지는 얼마 남아 있지 않을 수 있다. 겉보기에는 그럭저럭 잘 살고 있는 것처럼 보일 수 있지만, 표면 아래에서는 이야기가 다르다. 호수 위를 미끄러지듯 고요히 나아가는 백조가 수면 아래에서는 온 힘을 다해 발을 젓고 있듯이, 나의 경험에 따르면 많은 사람들은 겉으로는 평온해 보이지만 실은 그저 떠있기 위해서도 치열하게 노력하고 있다.

# 과거를 직면하기

우리 모두는 우리가 과거에 겪은 경험의 산물이다. 우리의 모습을 이루는 데 무엇보다도 많은 영향을 미친 것은, 결혼 교육가들이 오래 전부터 얘기하듯이, 어린 시절 가족 안에서의 경험이다. 우리가 자라면서 겪은 가족 안에서의 경험이 우리의 삶에 가장 큰 영향을 미치는 것이다(이 점에 대해서는 이 장의 뒷부분에서 살펴볼 것이다).

우리는 대부분 가정환경의 산물이므로 가정에서 비롯된 과거의 상처들과 죄책감을 다루는 것이 중요하다. 그렇다고 해서 우리의 마음을 힘들게 하는 사건들을 직면하기만 하면 그 일들이 저절로 변할 것이라는 얘기는 아니다.

하지만 그저 과거를 정직하게 직면하는 것, 우리의 상처들과 슬픔을 밖으로 끄집어내는 것만으로도 우리를 지배하는 그 것들의 힘을 중단시키기에 충분할 때가 있다. 그러나 만일 그 상처가 깊은 것이라면, 상처를 알아차리거나 이해하는 것만으로는 현재의 삶을 지배하는 상처의 영향력을 중단시키기가 어렵다. 깊은 상처에는 속성 치유법이 없다.

# 나의 치유 경험

나는 어린 시절의 상처들로부터 치유되는 경험을 했는데, 어렸을 때 내게 상처를 입힌 세 번의 사건이 있었다. 첫 번째 사건은 내가 어린 아기였을 때 일어났다. 태어난 지 몇 달밖에 되지 않았을 때의 일이라 나는 그 일을 기억하지 못하지만, 나중에 좀 더 자랐을 때 그 일에 대해 수없이 많이 전해 들었다.

누군가가 나를 장난꾸러기 아이였다고 말한다면 아마도 나를 좋게 보아 주는 말일 것이다. 우리 부모님은 내가 어린 시절에 저지른 일들을 변호해 주며 무척 활기차고 활달한 소년이었다고 얘기할 것이다. 하지만 나는 내가 어떠했는지 알고 있다.

어머니가 들려준 말에 따르면, 어머니는 어린 아기였던 나를 데리고 소아과 병원에 갔는데 내가 심하게 울었다고 한다. 그러자 간호사는 나를 바라보며 몹시 엄한 목소리로 말했다. "엄마 좀 그만 괴롭혀!" 그리고 선언했다. "이 아이는 항상 고생하면서 힘들게 배워야 할 거예요." 그녀의 말이 옳았는지도 모르지만, 나는 자라면서 이 예언을 계속 반복하여 들었고, 그것은 내게 자기 충족적인 예언이 되었다. 간호사는 내가 언제나 고생하면서 힘들게 배워야 할 것이라고 말했고, 나는 그녀의 말이 옳다는 것을 증명하기 시작했다.

언제나 고생하면서 힘들게 배워야 했다. 그리고 그처럼 어린 아기였던 나에 대해 선언한 그 간호사의 말이 이렇게 되는데 일조했음을 깨닫게 된 것은 어른이 되어서였다. 언젠가 십대 후반에는 더 쉬운 길이 있다는 것을 알기도 했지만, 나는 '언제나 고생하면서 힘들게 배워야 했던' 사람이었으므로 그렇게 힘들게 배워야 했다. 이제 와서 돌이켜보면, 더 쉬운 길을 택했더라면 나 자신과 주변 사람들이 훨씬 덜 괴로울 수 있었음을 깨닫는다. 하지만 그때는 힘든 길만이 내가 아는 유일한 길로 보였다. 나는 오늘날까지도 이런 성향들과 씨름하고 있다. 물론, 단지 이런 말들 때문에 내가 언제나 힘든 길만을 택해야 했다고 믿지는 않는다. 그 간호사가 한 일은 문제를 정확히 진단하는 것이었다. 그러나 어떻게 하면 나를 좋은 방향으로 변화시킬 수 있는지 우리 부모님에게 조언하는 대신, 그녀는 나를 그 예언 속에 가두어 버렸다.

어른이 된 뒤 나는 이 예측이 내 삶에서 자기 충족적인 예언이 되었음을 알게 되었다. 나는 그 예언으로부터 해방되어야 했다. 그리고 해방과 치유는 두 가지를 통해서 왔다. 첫째는 어른이 되어서까지 일들을 힘든 방식으로 하도록 스스로 속박

했다는 사실을 알아차리는 것이었다. 둘째는 기도상담 프로그램에 참여하여 치유를 위해 기도한 것이었다. 이 프로그램의 바탕에는 우리가 예수님의 치유 능력을 통해 과거 상처들의 억압에서 해방될 수 있다는 믿음이 있다. 그렇게 해서 나는 내 삶에 대한 그 예언의 충격에서 해방되었다.

상처들의 원인이 된 나머지 두 사건은 내가 열 살쯤 되었을 때 일어났다. 첫 번째 사건은 호버트 남쪽에 있는 사우스암 리조트에서 우리 가족이 휴가를 보내는 동안 일어났다. 지금도 그렇지만 그곳은 아름다운 해변이 있어 가족들이 휴가를 즐기기에 좋은 근사한 장소였다.

우리는 방갈로에서 지내고 있었다. 나이가 한두 살 차이 나는 남매들이 흔히 그렇듯이 나도 누나와 많이 싸웠다. 우리는 서로 사랑했고 어른이 된 지금도 아주 친하지만, 어린 시절에는 서로에 대한 애정을 잦은 다툼으로 표현하곤 했다. 대부분은 말싸움에 그쳤지만, 때로는 몸싸움으로 발전하기도 했다. 그날 우리는 누가 이층 침대의 위층에서 잘 것인지를 두고 다투고 있었다. 위층은 우리 둘 다 언제나 원하는 자리였다. 아래층에 있는 아이는 밀실 공포증에 가까운 갑갑함을 느끼기도 했고, 어쨌든 위층에 있으면 심리적인 우월감을 느낄 수 있었기 때문이다. 우리의 다툼은 금세 몸싸움으로 번졌고, 나는 누나를 위층에서 밀쳐 바닥으로 떨어뜨렸다. 누나는 5피트가량 밑에 있는 바닥으로 떨어지며 바닥에 등을 부딪쳤다.

그때 나는 누나가 그저 동정을 받기 위해 그리고 내가 저지른 짓에 대해 벌을 받게 하려고 일부러 다친 척하고 있다고 느꼈지만, 누나가 정말로 심하게 다쳤을 수도 있다는 생각이 들어 걱정이 되었다. 다행히 누나는 큰 부상은 입지 않았다. 비록 바닥에 부딪치면서 많이 아팠을 테고, 위층에서 밀려 떨어졌다는 사실에 모욕감을 느꼈겠지만……. 나는 누나가 바닥에 누워 있는 것을 보면서, '아, 아빠한테 된통 혼나겠군!' 하고 생각하던 것을 기억한다. 그리고 물론 그랬다. 아버지는 당연히 격노했고 펄펄 화를 내면서 내뱉었다. "네 누나가 정말 다친 거라면, 널 죽여 버리겠어."

가슴 깊은 곳에서 나는 벌 받을 만한 짓을 했다는 걸 알고 있었다. 아버지에게 허리띠로 맞았는지는 기억나지 않는다. 그것은 우리 아노트 집안에서 몹시 나쁜 행실을 처벌하는 일반적인 방식이었다. 그러나 아버지가 한 말들은 기억한다. 그 말들이 입 밖으로 나오는 순간 아버지가 그 말을 후회했다는 걸 알고 있고, 화를 폭발했다는 데 대해 기분이 좋지 않았으리라는 것도 알고 있다. 하지만 그 말은 결코 잊혀지지 않았다. 비록 하나님의 치유가 그 말들에서 독침을 빼 주긴 했지만.

"몽둥이와 돌은 내 뼈를 부술 수 있지만, 말들은 결코 나를 해치지 못한다."라는 말을 누가 만들었는지는 몰라도 그는 현실 세계에서 살아 보지 않은 게 분명하다. 말들은 대단한 상처를 준다. 특히 그 말들이 우리가 사랑하는 사람에게서 나온 분노의 말이라면……. 그 말들은 내 기억 속에 선명히 새겨졌다. 나에 대한 아버지의 사랑은 알고 있었지만, 그 말들은 내게 큰 충격이었다. 그 말을 쏟아 낸 것은 실은 아버지의 분노라는 것도 알았지만, 그 말들과 그 이면에 있던 분노는 내게 큰 상처를 주었다. 나 자신이 그런 경험을 했으므로 내 아이들에게는 그런 분노의 말을 결코 내뱉지 않았다고 말하고 싶지만, 그럴 수가 없다.

## 하나님의 치유

다른 사건은 조금 뒤에 일어났다. 어느 날 어머니는 뒤뜰에서 화초를 가꾸다가 실수로 녹슨 못을 밟았다. 파상풍을 예방

하기 위해 동네 병원에 가서 주사를 맞았는데, 그 주사가 과민 반응을 일으켰다. 어머니는 극도의 알레르기 반응을 일으켰고, 순식간에 몸이 부풀어 오르며 호흡이 곤란해졌다. 급히 큰 병원으로 옮겨진 어머니는 알레르기 반응의 결과로 정신이 쇠약해졌다. 그래서 병원에 입원하여 세 달 동안 치료를 받았다. 누나와 나는 사정을 전해 들었지만 어머니에게 무슨 일이 생겼는지 완전히 이해하지는 못했고, 그 때문에 어머니가 돌아가실 수도 있었다는 걸 나중에야 알게 되었다.

어른이 되어 기도와 상담을 받으면서 나는 비로소 이 사건이 내 삶에 어떤 충격을 가했는지 깨달았다. 내 삶에서 과거의 상처들을 치유해 달라고 하나님께 기도했을 때, 갑자기 그때 어머니에게 일어난 일이 떠오르며 깊은 슬픔의 감정에 휩싸였다. 모든 기억이 물밀듯이 밀려들었고, 그 가운데는 버림받았다는 느낌도 있었다. 어머니와 무척 친밀했던 열 살 소년의 삶에서 세 달은 무척 긴 시간이었을 것이다. 특히 엄마가 왜 집을 떠났는지 이해하지 못했을 때는 더욱더…….

기도 모임이 지속되는 동안, 나는 열 살짜리 소년 폴의 경험 속으로 들어가서 흐느껴 울었다. "엄마, 엄마, 내가 엄마를 그렇게 많이 필요로 할 때 엄마는 왜 떠나셨어요? 내가 엄마를 필요로 할 때 엄마는 왜 거기에 계시지 않았나요?" 나는 다시 어린 소년으로 돌아갔다. 어머니에게서 분리된 것을 슬퍼하는 어린 소년으로…….

이 모든 일이 어떻게 일어났는지는 알지 못한다. 일종의 심리 요법이라고 하는 사람들도 있겠지만, 그 당시 나는 열 살 때의 경험에 대해 조사하지도 않았고 질문하지도 않았다. 그런데도 하나님은 상처 뒤에 숨어 있던 경험을 정확히 찾아서 밖으로 끄집어내셨다.

나는 나와 함께 계신 하나님의 현존을 생생히 체험했으며, 그와 함께 어린 시절의 그 경험으로부터 모든 독침이 빠졌다. 이층 침대 사건 당시 아버지의 화에 대해서도 비슷한 치유를 경험했다. 아빠를 용서할 수 있게 되었고, 그 분노의 말들이 입힌 상처로부터 놓여날 수 있었다. 그리고 나의 안전이 하나님 아버지 안에 있다는 것을 이전 어느 때보다 더 분명히 알게 되었다. 모든 걱정과 근심을 하나님께 가져오면 하나님이 내 짐을 대신 져 주실 것임을 나는 안다. 모든 문제를 하나님께 맡기면 모든 문제가 결국에는 해결될 것도 안다. 비록 지금 당장은 해결될 수 없는 문제처럼 보일지라도 말이다.

그리스도에 대한 믿음이 결국 뜻하는 바는 이것이라고 생각한다. 그것은 내 삶 전체를 하나님께 맡기는 것이며, 나의 사랑하는 사람들, 나의 미래, 나의 과거와 현재까지 다 맡기는 것이다. 그리고 하나님이 내 삶의 중심에 계시도록 허용하는 것이며, 하나님이 내 삶을 위해 정하신 우선순위에 따라 내 삶을 사는 것이다.

## 사랑이 치유한다

단순히 과거의 상처들을 알게 되는 것만으로는 충분히 치유되기 어렵다. 현재 우리와 함께 있는 실제 상처, 우리가 지금을 충실히 살지 못하도록 가로막는 실제 상처를 다루어야 한다. 치유는 시간이 걸릴 수 있다. 물론 치유는 즉각 일어날 수도 있고 그런 일이 일어나는 것을 여러 번 목격하긴 했지만, 치유가 일어나는 데는 대개 시간이 걸린다. 상처들은 오랜 기간에 걸쳐 생겼으며, 그런 상처들을 치유하는 데도 역시 시간이 걸린다. 전 가톨릭 사제인 프랜시스 맥너트가 '흠뻑 젖어드는 기도'라고 부르는 것이 필요할 때가 있다.

흠뻑 젖어드는 기도라는 말은, 회복될 필요가 있는 어떤 마른 것의 핵심까지 무언가가 충분히 스며들도록 놓아두는 시간이 필요하다는 것을 암시한다. 아픈 부위에 손을 올려놓을 때도 이와 같다. 하나님이 그분의 능력과 사랑으로 치유할 수 있도록 우리의 손을 올려놓기를 원하신다고 느껴지는 동안에는 계속 손을 올려놓을 필요가 있다. 그것은 매우 부드러운 기도다.[25]

과거의 상처들로부터 치유 받는 열쇠 가운데 하나는 우리가 사랑받고 있음을 아는 자리로 오는 것이다. ABC 방송의 기자로 일할 때 나는 영국의 기독교 예술인 센터를 설립한 나이젤 굿윈과 대담한 적이 있다. 그와 대담한 내용은 기억나는 바가 별로 없지만, 큰 감명을 준 말이 하나 있다. 그 말은 결코 잊혀지지 않았으며 내게 어떤 시금석이 되었다.

나이젤이 말했다. "나는 사랑받고 있습니다. 그리고 내가 사랑받기 때문에 모든 것이 다 좋습니다." 그는 자신이 하나님에게, 아내에게, 가족에게 사랑받고 있다는 것을 알았다. 사랑받고 있다는 것을 알 때는 굉장히 안전하다고 느끼게 된다. 그가 한 말들도 그랬지만, 그가 얘기할 때 그에게서 느껴지는 평화와 충족감이야말로 내게 더 큰 감명을 주었다.

사랑받을 때는 매우 안전하다고 느껴진다. 삶에서 사랑을 주고받는 것보다 더 중요한 것은 아무것도 없다. 마더 테레사는 우리가 판단받는 기준은 오직 하나이며, 그것은 우리가 이기심 없는 사랑의 삶을 살았는지 여부라고 말한 적이 있다. 성경은 믿는 사람이든 믿지 않는 사람이든 하나님이 모든 인간을 사랑하신다는 점을 분명히 밝히고 있다. 그러나 내 경험에 따르면, 많은 교인을 포함하여 대부분의 사람들은 하나님이 그들을 있는 그대로 사랑하신다는 것을, 그리고 그들과 친밀한 관계를 갖기 원하신다는 것을 진정으로 알지는 못하는 것 같다. 우리는 어떤 식으로든 노력하여 하나님의 사랑을 얻어내야 한다고 느낀다. 하지만 하나님은 그런 존재가 아니다. 우리 모두는 잉태되는 순간부터 하나님에게 사랑받는다. 시편 139편에는 이 놀라운 말씀이 담겨 있으며, 이 말씀은 지상의 모든 인간에게 적용된다.

주께서 내 내장을 지으시며 나의 모태에서 나를 만드셨나이다. 내가 주께 감사하옴은 나를 지으심이 심히 기묘하심이라. 주께서 하시는 일이 기이함을 내 영혼이 잘 아나이다. 내가 은밀한 데서 지음을 받고 땅의 깊은 곳에서 기이하게 지음을 받

은 때에 나의 형체가 주의 앞에 숨겨지지 못하였나이다. 내 형
질이 이루기 전에 주의 눈이 보셨으며, 나를 위하여 정한 날이
하루도 되기 전에 주의 책에 다 기록이 되었나이다.

—시편 139편, 13–16절[26]

## 사랑의 반대는 두려움이다

어떤 사람들은 사랑의 반대가 미움이라고 믿지만, 사랑의
반대는 사실 두려움이다. 우리가 두려움을 허용하면, 두려움
은 우리의 삶을 지배한다. 두려움은 우리의 활력을 떨어뜨리
고 삶의 기쁨을 앗아가 버린다. 우리는 전례 없는 두려움의 시
대에 살고 있다. 21세기의 삶에서는 우리가 경험하는 두려움
이 크게 증가할 것으로 보인다. 우리가 과거 사백 년 동안 알고
있던 사회는 지금 급격히 변하고 있다. 어떤 사람들은 붕괴되
고 있다고까지 말할지 모른다. 세상은 더 이상 안전한 장소로
보이지 않는다.

자신의 책 《두려워하지 말라(Do Not Be Afraid)》에서 마이클
버클리는 자신에게 도움을 청하러 온 브렌다의 이야기를 들려

준다.

기억이 미치는 한, 나는 삶에서 어떤 기쁨도 누려 보지 못했고 어린 시절의 행복한 기억도 전혀 없어요. 부모님은 내게 진정한 애정을 보여 주신 적이 한 번도 없었죠. 내가 어느 누구와도 친구가 될 수 없었던 건 그 때문인 것 같아요. 사람들은 내가 혼자 있기를 좋아한다고 말했지만, 사실은 나 자신이 하찮게 느껴졌기 때문에 그랬던 거예요. 나와 친구가 되고 싶어 했던 사람은 아무도 없었어요.

그래도 노력을 해봐야 했겠지만, 거부당할까 봐 두려워서 그럴 수가 없었어요. 내 형제자매들은 뭐든지 다 잘할 수 있는 사람들 같았어요. 다들 많은 걸 성취했구요. 나는 아무것도 이룬 게 없었죠. 다른 아이들은 나를 무자비하게 놀려댔지만, 관심조차 못 받는 것보다는 차라리 그 편이 나았어요.

운동장이 싫었어요. 아이들의 웃음이나 놀이에 낄 수가 없었거든요. 오락 시간에는 화장실에서 시간을 보내야 했죠. 졸업한 뒤에는 상황이 더 나빠졌어요. 취직한 직장이 싫어서 자주 쉬었어요. 결국 일자리를 잃었고, 곧 의사와 심리 치료사 사이를 왕래하게 되었죠. 부모님이 돌아가셨고, 그때쯤 모두 결혼

했던 형제자매들은 나를 포기했어요. 나는 우울증이 어떤 건지 알아요. 내가 겪어야 했던 것은 어떤 우울증보다도 더 파괴적 이고 고통스러웠어요.[27]

그 뒤 브렌다가 가장 깊은 우울증에 빠져 있을 때, 동네 교회에 다니는 사람이 그녀에게 상담 센터를 소개해 주었다. 그녀는 브렌다를 상담 센터로 데려갔다. 그녀가 자기를 데려가지 않았다면 제 발로 찾아가지는 않았을 것이라고 브렌다는 말한다. 마이클 버클리는 그녀에게 말했다.

하나님은 당신의 아버지입니다. 그리고 당신은 그분에게 특별한 존재입니다. 다른 사람들이 뭐라고 생각하든 신경 쓰지 마세요. 당신 자신을 사랑하세요. 당신은 세상에서 하나밖에 없는 독특한 존재이니까요. 당신의 아버지인 하나님은 당신을 믿습니다. 당신도 자신을 믿는 법을 배울 필요가 있습니다.[28]

브렌다는 난생 처음 자신이 누군가에게 특별한 존재라는 느낌을 받았다고 말했다. 그리고 눈물이 흘러내리기 시작했다. 눈물을 멈출 수가 없었다. 그녀는 기쁨의 눈물인지, 자기 연민의 눈물인지 모르겠다고 했다. 그녀가 아는 것은 오로지 자기의 삶으로 만든 감옥에서 자신이 풀려나고 있다는 것뿐이었다. 시간이 흐르면서 그녀의 삶은 서서히 변화되기 시작했다.

느린 과정이긴 했지만, 충분히 그럴 만한 가치가 있었어요. 이제 이 모든 자학의 시간들이 지나가고 내게 막 삶이 시작되고 있어요. 더 이상 과거를 돌아보지는 않아요. 어차피 한 번 일어난 일은 바꿀 수 없으니까요. 이제는 자신이 사랑받지 못하고 있고 쓸모없다고 느끼는 사람들을 돕고 있죠. 나 역시 그 어둡고 음울한 길을 걸어 보았으니까요. 내 삶에는 하나의 목적이 있어요. 그건 이전보다 더 기쁘게 살아가는 사람이고 싶다는 거예요. 삶이 정말로 살아갈 만한 가치가 있다는 걸 이젠 아니까요![29]

## 감정을 표현하기

과거의 상처를 치유하지 않으면 그 상처들은 우리의 몸까지 병들게 할 수 있다는 주장이 있고, 그 주장을 뒷받침하는 수많은 증거들이 있다. 시드니 성 앤드류 대성당 치유봉사팀의 설립자인 짐 글레넌은 자신의 경험에 비추어 볼 때 신체 질병의 약 70퍼센트는 감정적 요인들이 그 원인으로 보인다고 말한다.

융 학파의 정신분석가인 존 샌포드는 자동차 충돌 사고를 당해 비극적으로 죽은 젊은 여성의 어머니에 대해 이야기한다. 그 차는 다른 차와 부딪친 게 아니었기 때문에 자살일 가능성이 있었다. 그래서 그녀의 부모는 몹시 혼란스러워했다.

그녀의 몸은 끔찍할 만큼 엉망으로 망가졌으며, 그 재난은 부모의 마음을 극도로 뒤흔들어 놓았다. 아버지는 딸의 주검 앞에서 눈물을 흘리며 시신을 검시하자고 주장했고, 그렇게 하기 전에는 딸의 죽음을 받아들일 수 없다고 했다. 그의 슬픔은 깊었지만 그는 그 고통을 견뎠다. 하지만 어머니는 한 방울의 눈물도 흘리지 않았다. 그녀는 이 사건이 "딸애를 하늘나라로 데려가시려는 하나님의 뜻"이라고 믿는다는 말만 계속 되뇌었다. 그녀는 입술을 굳게 다물고 있었다. 딸을 묻고 나서 2년이 지난 뒤, 어머니도 암으로 사망하여 묘지에 묻혔다. 무덤가에 서 있던 남편은 존 샌포드에게 털어놓았다. "알다시피, 딸애가 죽었을 때 아내가 울기만 했더라도 이렇게 빨리 죽지는 않았을 겁니다."[30]

물론 이 일화는 사랑하는 사람의 죽음에 적절히 슬퍼하지
못하는 사람들은 다들 암으로 죽을 것이라는 뜻이 아니다. 그
러나 적어도 어떤 유형의 암은 비통함이나 울화통 같은 극심한
감정들의 억압에 의해서 생길 수 있는 것으로 보인다. 우리는
가슴 아픈 고통을 경험하는 시기에 어떤 식으로든 우리에게 알
맞은 방식으로 슬픈 감정들을 표출할 필요가 있다. 그 감정들
을 내면에 억압하지 않고 밖으로 꺼내기만 하면 되며, 어떻게
표현하는지는 중요하지 않다.


## 아동기의 상처

오랫동안 지녀 온 아동기의 상처들은 우리가 그 상처들을
알아차린다고 해서 곧바로 없어지지는 않을 것이다. 아동기에
당한 성적, 신체적 폭행의 경우는 더욱 그렇다. 아동기에 성
적, 신체적으로 폭행당한 사람들은 대부분 과거에 당한 폭행
으로 말미암아 씁쓸히 불행한 삶을 살아간다. 감옥에 갇힌 수

감자들 가운데 상당수는 어린 시절에 폭행을 당했다는 조사 결과가 있다. 아동기에 당한 성적 폭행과 성인기의 알코올 중독, 마약 사용 간에는 밀접한 연관이 있다.

아동기에 성적, 정서적 폭행을 당한 경험이 있는 캐시 앤 매튜스는 호주의 여자 교도소를 방문했다. 그녀는 예순 명쯤 되는 수감자들에게 상처로부터 회복될 수 있는 희망에 대해 얘기했는데, 아동기에 폭행당한 그녀의 경험에 대해 얘기하는 동안 점점 더 많은 여성들이 눈에 띄게 동요하기 시작했다.

내가 얘기하는 동안 대여섯 명의 수감자들이 학교에서 어린 이들이 장난치듯이 팔꿈치로 옆 사람의 옆구리를 쿡쿡 찌르기 시작했다. 그 뒤 그들은 눈에 띄게 동요하기 시작했고, 점차 혼자서 혹은 여럿이서 느릿느릿 걷거나 살금살금 걸어서 빠져나가기 시작했다. 이야기를 끝마칠 무렵에는 열다섯 명의 수감자와 몇 명의 간수만 남았다. 벌집을 건드린 게 분명했다. 하지만 정확히 어떤 일이 일어나고 있는지는 알 수가 없었다. 나는 수감자 대표에게 사과했다. 그러자 그녀는 말했다. "오, 당신이 잘못한 게 아니에요. 우리는 당신을 만나서 좋아요. 저 사람들이 동요한 것은 자신이 당한 폭행의 기억이 되살아나는데 교도소에는 그들을 도울 사람이 아무도 없기 때문이에요."31

## 상처 입은 가족

상처 입은 성인들은 거의 언제나 상처 입은 부모와 가족의 산물이다. 상처 입은 부모에게 상처를 입은 사람들은 다시 다른 사람들에게 상처를 입히고, 상처 입은 가족은 가족 구성원에게 상처를 입힌다. 많은 부모들은 너무 바쁘거나 다른 데 정신이 팔려서 자녀에게 필요한 시간과 친밀함을 주지 못한다.

기혼 여성의 60퍼센트가 직장에서 일하고 있는 호주 사회에서는 특히 더 그렇다. 많은 가족의 경우, 부부는 주택구입 대출금을 갚거나 자녀들이 좋은 교육을 받도록 뒷받침하기 위해 일을 해야 한다.

서로를 보는 유일한 시간이 침대 안에 있을 때뿐인 부부도 많은데, 그때쯤이면 대개 그들은 녹초가 되어 겨우 몇 마디 말을 나누는 것 외에는 아무것도 할 수가 없다. 그래서 많은 부부 관계가 실패한다.

우리는 가정에 아버지가 없는 시대에 살고 있다. 아이들은 아버지의 사랑과 양육을 알지 못한 채 자란다. 아버지가 신체적으로는 함께 있어도 정서적으로는 부재하기 때문이다. 심리 치료사인 메리 피치스가 자신의 책 《어제의 아이(Yesterday's Child)》에서 지적했듯이, 가족 간의 소통은 그냥 일어나는 것이 아니다. 소통은 노력해야 하는 것이며, 쌍방향으로 이루어지는 것이다.

소통을 하기 위해서는 상대방이 자신의 의견과 생각, 감정과 느낌을 얘기할 수 있도록 그에게 공간을 내주고 수용적인 자세로 경청해야 한다. 많은 부모들은 자녀의 말에 귀 기울이려는 노력을 거의 하지 않는다. 사람들이 자기의 말에 귀를 기울이지 않는다고 느끼는 아이는 자신이 존중받지 못한다고 느끼게 되며, 자신이 존중받지 못한다고 느끼는 아이는 곧 상처 입은 아이가 된다.[32]


## 신체적인 애정이 필요하다

자녀들이 정서적으로 건강하게 자라기 위해서는 신체적인

애정이 필요하다. 그런데 자녀에게 필요한 신체적인 애정을 주지 않는 부모가 많다. 우리 사회에서 대부분의 노년층은 아이가 네 살이 되면 신체적인 애정이 필요하지 않으며 아이를 너무 많이 껴안아 주면 아이를 망치게 된다고 믿도록 배웠다.

아버지와 아들의 관계에서는 더욱 그러했다. 세 살까지는 아들을 껴안아 주는 것이 사회적으로 용인되었지만, 그 후로는 악수를 나누는 것이 사회적으로 받아들여지는 기준이었다. 이런 태도는 정서적으로 억압된 빅토리아 여왕의 치세에서 비롯된 것이 아닐까 의심되는데, 우리는 아직도 그런 태도에서 제대로 벗어나지 못했다. 그것은 비극이다. 그런 태도가 수많은 가족에게 크나큰 해를 끼쳤기 때문이다.

신체적인 접촉은 사람이 건강하게 성장하는 데 무척 중요하다. 그것은 우리의 정서적 욕구의 위계에서 맨 윗자리에 있다. 태어나면서 엄마를 잃은 어느 아기에 관한 이야기가 있다. 그 아기는 자라지 못하고 있었다. 병원의 간호사들이 규칙적으로 젖병을 물리고 기저귀도 갈아 주었지만, 아기는 자라지 않을 뿐더러 오히려 몸무게가 줄고 있었다. 그래서 간호사들은 아기가 죽을까 봐 근심하고 있었다.

그때 어느 간호사가 젖병을 물릴 때마다 아기를 품에 안고 먹이기로 결심했다. 그러자 아기는 빠르게 몸무게가 늘기 시작했고, 곧 신생아실에서 가장 건강한 아기가 되었다.


## 메리 피치스의 치유법

아이들은 역경을 뚫고 살아남은 생존자들이며, 역기능적인 가정에서도 살아남기 위해 적응해 나갈 것이다. 그래서 아이들은 감정을 억압하고, 행동을 바꾸고, 심지어 거짓말로 자신을 속일 수도 있다. 그런 행동의 무의식적인 목표는 언제나 고통을 최소화하고 더 이상의 고통을 받지 않도록 자신을 보호하는 것이다.

메리 피치스에 따르면, 이런 방어 기제들은 처음에는 아이가 문제들을 헤쳐 나가는 데 도움이 될 수 있지만, 그것들이 더 이상 필요하지 않은 때가 찾아온다. 그런데 불행히도 그때에는 이미 그런 방어 기제들이 습관으로 변해 버렸을 뿐 아니라 정상적으로까지 보이기 때문에 바꾸기가 매우 힘들다. 그녀는 찰스 휫필드 박사의 제안을 인용한다.

문제가 많거나 역기능적인 가정에서 자란 아이들은 정상적
이고 건강하며 적절한 것이 무엇인지를 모른 채 자란다. 현실
성을 판단할 다른 기준을 갖지 못하기 때문에 그들은 온갖 모
순들과 정신적 상처들과 고통을 가진 자신의 가족과 생활이 '정
상적'이라고' 생각한다.[33]

메리 피치스는 사십 대 초반의 미혼 여성인 수잔의 이야기
를 들려준다. 수잔이 어렸을 때 어머니와 아버지의 관계는 거
의 항상 긴장 상태였다. 부모의 결혼 생활은 수잔이 겨우 열한
살 때 이혼으로 끝나 버렸다. 가족 안에서 의사소통은 거의 없
었고, 이혼의 결과로 그녀는 한쪽 부모에게서 분리되었다. 그
리고 사춘기에 누군가를 사랑하게 되면서 수잔은 심한 정서적
혼란을 겪었다.

마침내 걱정과 불안이 극에 달하자 그녀는 도움을 요청했
다. 그녀는 끊임없이 갈등을 두려워하고 상실을 겁내는 상태
로 살았다. 그녀가 간직하고 있던 수많은 불합리한 믿음들 가
운데 두 가지는 "어떤 희생을 치르더라도 반드시 갈등을 피해
야 해."와 "나는 다른 모든 사람의 행복에 책임이 있어."였다.
이런 생각들을 믿었던 그녀는 과거에 커다란 아픔과 두려움을

맛보게 한 상황들을 계속 회피했다. 그러나 이런 회피 기법을 사용하기 위해서는 그에 대한 대가를 톡톡히 치러야 했다. 끊임없이 걱정을 해야 했고, 친구들 및 가족과의 관계에서 비롯된 수많은 문제들이 해결되지 않은 채 남아 있었던 것이다. 그래서 그녀는 정서적인 불구자가 되었고 현재의 삶을 즐길 수가 없었다.[34]

메리 피치스는 과거에 입은 상처들의 해로운 영향력에서 해방되는 데 도움이 되는 몇 가지 단계를 제시한다.

### 1. 어린 시절의 상실 혹은 마음의 상처를 알아차리기

우리가 입은 마음의 상처를 알아차릴 때만 우리는 그 상처를 다시 경험할 수 있다. 우리는 상처들에 대해 슬퍼하는 과정을 거친 뒤 상처들을 끝내야 한다. 상처들을 우회하려 하거나 피하려는 노력은 소용이 없다. 이런 문제들을 직면하는 과정을 거칠 때는 상담가나 심리 치료사의 도움을 받는 것이 중요하다.

자기 혼자서 하려고 하는 것은 현명하지 않을 수 있다. 특히 성폭행 문제가 관련되어 있다면 더욱 그렇다. 그럴 때는 아픔의 깊이와 상처가 너무나 커서 마음을 압도할 수 있고, 심지어 자살하고 싶은 충동에 사로잡힐 수도 있다. 그러니 혼자서 하려 하지 말고, 이 과정을 통과하도록 도울 수 있는 전문가를 반드시 찾아야 한다.

### 2. 어린 시절에 상실한 부분을 위해 슬퍼할 시간을 갖기

우울한 사람을 보고서 상처들에 대해 슬퍼한다고 오해하는 경우가 있다. 하지만 슬퍼하는 것은 우울해하는 것과 다르다. 우울은 우리를 상처 가까이 데려갈 수는 있지만, 잃어버린 천진함에 대해 슬퍼하는 것만이 우리를 진정하고 지속적인 치유로 인도할 수 있다.

### 3. 일기 쓰기

어린 시절의 상처를 치유하는 가장 좋은 방법 중 하나는 자기 가족에 대한 간단한 묘사를 일기에 쓰는 것이다. "어머니는 친절했다(또는 무서웠다). 아버지는 자상했다(또는 엄했다)."와 같이 각각의 가족 구성원을 하나의 형용사만으로 표현해 보라.

혹은 사람을 사랑하는 데 걸림돌로 작용하는 것들에 대해 쓰는 것도 좋다. 예를 들어, 나는 열 살 때 어머니가 병원에 입원한 일에 대해 쓸 수 있다.

4. 어린 시절의 상실에 대해 자신이 슬퍼하도록 허용하기

이것은 인간관계의 상실일 수도 있고, 어린아이일 때의 기쁨 또는 천진함의 상실일 수도 있다.

마지막으로 눈을 감고서, 당신을 향해 손을 내미는 예수님을 상상해 보라. 그분은 당신에게 줄 선물을 손에 들고 있다. 그분은 미소를 지으며 그 선물을 당신에게 건네주고, 당신은 선물을 받으려고 손을 내민다. 그분이 당신에게 주는 선물은 당신의 가슴속에서 일어나는 치유의 시작이다.[35]

## 창조적으로 상상하기

하나님이 원하신다고 여겨지는 방식을 상상으로 그려 보는 것은 예로부터 히브리/기독교 전통에서 실천되어 온 방법이다. 전에 내가 봉사했던 어느 교회에서는 정기적으로 만나야 했던 사람들 가운데 상대하기가 극도로 힘들었던 사람들이 몇 명 있었다. 할 수만 있다면 이런 만남을 피하고 싶었지만, 그럴 수가 없었다. 이 사람들은 마치 내 삶을 힘들게 만들기 위해

비상한 노력을 기울이는 것 같았고, 틈만 나면 나를 말로 공격하곤 했다.

　두어 달에 걸쳐 만날 때마다 참담한 경험을 되풀이한 끝에, 나는 그들과 만나기 전에 시각화를 해 보기로 했다. 하나님은 이 사람들이 자기 자신과 다른 사람들, 심지어 나와도 평화롭게 지내기를 원하실 것 같았다. 그래서 나는 차를 타고 만나러 가는 시간을 이용하여 마음속으로 그들의 얼굴을 상상했다. 그들이 평화로 가득 차서 부드럽고 상냥하게 말하는 모습을 상상했다. 이럴 때는 주의를 기울여 상상해야 했다. 왜냐하면 무의식중에, 그들이 과거에 내게 대했던 모습, 즉 내게 화내고 공격하고 나를 괴롭히는 모습을 상상하기 쉬웠기 때문이다. 그래서 하나님은 그들이 어떤 사람이 되기를 원하실지 생각해 보고, 그들의 그런 모습을 상상했다.

　내가 이 작은 연습을 할 때마다 만남의 분위기에 큰 영향을 미쳤다. 그때마다 그들은 훨씬 더 정중했고 다정했다. 이 방법은 어떤 상황에든지 폭넓게 적용될 수 있다. 나는 이 방법을 통해 과거의 상처들이 치유되는 모습을 많이 목격했다.

# 친구가 된 도둑

프랜시스 맥너트는 자기를 찾아온 어느 여성에 관한 이야기를 들려주었다. 그녀는 이성적으로는 도저히 이해가 되지 않을 만큼 어둠을 너무나 두려워했다. 그녀가 프랜시스 맥너트와 함께 자신을 위해 기도할 때, 마음속에서 그녀는 침대에서 잠자고 있던 어린 소녀 시절로 돌아갔다. 도둑이 침실 창문을 통해 들어와 침대 밑에 숨어 있었다. 아니면, 방에 먼저 들어왔다가 그녀가 들어오는 소리를 듣고서 침대 밑으로 숨었는지도 모른다. 그는 그녀가 잠들 때까지 기다렸다가 몰래 방에서 빠져나가려고 했지만, 그가 빠져나가려 할 때 그녀가 잠에서 깨어 비명을 지르기 시작했다.

그녀의 비명 소리를 듣고 놀라서 부모가 달려왔다. 아버지는 이 불운한 도둑을 붙잡아서 두들겨 패기 시작했다. 이 폭행이 도리어 소녀를 더욱 두렵게 만들었다. 그 사건은 그녀에게 큰 충격을 주었으며 고스란히 기억에 새겨졌다. 그때 이후로 그녀는 어둠에 대한 두려움 때문에 쉽게 잠들 수가 없었다.

프랜시스 맥너트는 그때의 상황으로 다시 돌아가서 자신의 모습을 상상해 보라고 그녀에게 제안했고, 그녀는 그렇게 했다. 잠시 조용히 있던 그녀가 웃음을 터뜨리기 시작했다. 무슨 일이 일어났느냐고 묻자, 그녀는 자초지종을 얘기해 주었다. 그녀는 잠에서 깨어나는 장면을 떠올렸는데, 잠에서 깨었을 때 이번에는 예수님이 그 자리에 계셨다. 그분은 그녀의 손을 잡고 도둑에게 그녀를 소개해 주었다. 그 뒤 부모님이 방으로 들어오자, 예수님은 그들에게도 도둑을 소개해 주었다. 이 연습을 통해 과거의 경험에서 모든 두려움이 제거되었다. 그 결과, 이십 년 만에 처음으로 이 여성은 어둠을 두려워하지 않고 평화롭게 잠들 수 있었다.[36]

## 죄의식

죄의식은 우리가 경험할 수 있는 가장 파괴적인 감정 가운데 하나다. 결혼하거나 입양하지 않고는 아기를 기르는 것이 사회적으로 허용되지 않던 시대에 혼외 임신을 했던 할머니들의 이야기를 나는 많이 들었다. 그녀들이 경험한 죄의식은 그녀들의 삶을 파괴해 버릴 만큼 지독했다. 낙태하기로 결정한 뒤 극심한 죄의식을 경험한 다른 수많은 여성들의 이야기도 들었다. 불행히도 아동기에 성폭행을 당한 사람들은 대부분 심한 죄의식을 경험한다. 성폭행 당한 것을 자신의 잘못 때문이라고 느끼는 사람이 아주 많다. 피해자에게 책임을 덮어씌우면서, 피해자가 자신의 잘못 때문에 그런 일을 당했다고 믿게 하려는 가해자들도 있다. 그런 방법으로 피해자를 통제하고 확실히 침묵하게 만들려는 것이다.

이른바 사생아라고 하는 아기를 가졌던 70대 여성을 만난 적이 있다. 그녀의 가족은 '그런 못된 계집애'라는 이유로 그녀를 심하게 벌주었다. 그녀는 너무나 심한 죄의식에 시달린 끝에 마음에 병이 들었다. 자기의 삶을 파괴해 온 죄의식을 극복하는 유일한 길은 자기에 대한 용서이지만, 안타깝게도 그녀는 그 점을 깨닫지 못했다. 우리가 우리 자신을 용서하지 못한다면, 우리는 다른 누구도 용서할 수 없다. 우리 자신이 다른 사람들에게 입힌 상처와, 다른 사람들이 우리에게 입힌 상처로부터 치유되기를 원한다면, 우리가 다시 온전해지는 열쇠는 바로 용서다.

우리가 죄의식을 키울수록 용서할 여지는 그만큼 줄어든다. 하나님은 언제라도 용서할 준비가 되어 있다. 용서를 요청하기만 하면…….

## 우리는 선택할 수 있다

우리는 삶의 상황들에 어떻게 반응하고 싶은지를 선택할 수 있다. 우리는 이 점을 깨달아야 하며, 이 선택권은 우리를 가장 자유롭게 하는 것들 중 하나다. 삶이 우리를 아무리 가혹하게 대하는 것처럼 보일지라도 우리에게는 저마다 선택권이 있다. 우리는 삶이 가져오는 것에 대해 어떻게 반응할지를 선택할 수 있는 것이다. 어떤 사람들은 자신이 어떻게 반응할지를 선택할 수 없다고 믿는다. 그들은 그저 반응할 뿐이다. 그들은 긍정적으로 반응하기를 선택하는 대신, 피해자가 되기를 선택한다.

돌아가신 나의 장인은 이 원리가 진실하다는 것을 그분의 삶으로 생생히 증명해 보였다. 1942년에 그는 동티모르 섬에서 제2군단 40사단의 모든 태즈메이니아 출신 병사들과 함께 일본군에게 포로로 붙잡혔다.

사실 그는 일본군이 도착했다는 소식을 중계하는 수기(手旗) 신호를 해독한 사람이었다. 포로로 잡힌 뒤, 그는 창이 수용소에 3년 반 동안 수용되었다. 그곳에서 많은 일본군 간수들에게 잔인한 학대를 당했고, 수많은 전우들은 버마 철도를 건설하기 위해 태국에 보내진 뒤에 사망했다. 그는 친구들이 얻어맞아 죽거나 처형당하는 것을 목격했다. 먹을 것이 부족해서 친한 친구들이 굶어죽는 것도 보았다. 하지만 그래도 그는 일본인들을 증오하거나 원한을 품지 않았다. 거의 모든 연합군 병사들은 당연히 일본인들을 증오하게 되었고, 이후에도 일본인들과는 어떤 관계도 맺지 않으려 했다.


## 미워하지 않기를 선택하기

그러나 그는 미워하지 않기를 선택할 수 있다는 것을 알았다. 장인이 "보통의 일본군 병사들은 괜찮았어. 우리를 친절하게 대해 주는 병사들도 있었지."라고 말하는 목소리가 아직도 내 귀에 들리는 듯하다. 그가 창이의 일본군 간수들을 얼마나 정확히 묘사하고 있는지는 모른다. 아마 그는 굉장히 너그러운 사람이었을 것이다. 그러나 내가 아는 것은 그는 쉽사리 미워할 수 있을 때 미워하지 않기를 선택했다는 것이다. 나는 그가 올바른 선택을 했다고 믿는다.

미워하기를 선택할 때, 우리는 미워하는 사람에게 우리를 지배할 힘을 주고 있다. 그들은 우리가 어떻게 반응할지를 결정하고 있다. 그러나 우리가 진정으로 자유롭다면, 우리는 폭력이라는 악순환이 더 이상 계속되지 않도록 반응할 수 있는 힘이 우리에게 있다는 점을 깨달을 것이다. 폭력은 폭력을 낳을 뿐이다. 만일 어떤 사람이 우리에게 상처를 주고 우리가 그들에게 상처로 되갚는다면, 우리는 문제를 더 낫게 하는 것이 아니라 오히려 더 악화시킨다. 삶이 변하는 것은 미움에 대해 사랑으로 반응할 때뿐이다.

자신을 죽이려는 사람들에 대해 예수님이 십자가 위에서 보인 반응은 이 원리를 보여 주는 가장 아름다운 본보기다. "아버지, 저들을 용서하여 주옵소서. 자기들이 하는 것을 알지 못함이니이다."(누가복음 23장 34절)[37] 예수님은 미워하는 대신 사랑하고 용서하기를 선택했으며, 그리하여 그들의 미움에서 모든 독침을 제거했다. 우리도 미움이나 원망으로 반응하는 대신 용서를 선택할 자유를 가지고 있다.

## 우리의 배움은 우리의 책임이다

자기의 배움은 자기의 책임이라는 것을 내가 깨닫기까지는 많은 세월이 걸렸다. 난관들이 자신을 방해한다고 느끼며 삶을 여행하는 사람들이 많다. 그러나 우리는 주어진 상황이 아무리 힘들어도 언제나 그런 상황들을 통해 배울 수 있다.

나의 첫 직장 상사는 이제까지 만난 사람들 가운데 가장 무례하고 화나게 하는 사람 중 하나였다. 내가 일하는 동안 그는 내 옆에 서서 손가락으로 책상을 탁탁 치곤 했다. 그의 이런 습관 때문에 나는 일에 집중할 수가 없었고, 직장 생활의 첫 여섯 달을 그의 습관에 감정적으로 반응하며 보내다시피 했다. '이건 부당해. 이런 사람이 관리자가 되면 절대 안 돼. 어떤 직원이 이런 환경에서 제대로 일을 할 수 있겠어?'

하지만 결국 나는 내 모든 감정적 반응이 아무런 효과도 없다는 것을 알게 되었다. 실은 완전히 역효과만 낳고 있었다. 일하러 가야 한다는 생각조차 하기 싫었다. 그러던 어느 날, 나는 이 사람에 대한 나의 태도를 바꿀 필요가 있다는 것을 깨달았다. 그래서 그의 좋은 점을 보려고 노력하기 시작했다. 그의 조급함을 볼 때마다 인내심을 키우는 기회로 삼았다. 그리고 그의 좋지 않은 습관과 업무 태도를 볼 때마다, 나중에 내가 관리자가 되었을 때 부하 직원들을 힘들게 하지 않도록 타산지석으로 삼아 메모해 두었다.

삶에 어떻게 반응할지 선택할 능력이 자신에게 있음을 깨닫지 못하는 사람들이 많다. 삶이 우리에게 주는 것에 대해 우리는 아무것도 할 수 없다고들 말한다. 하지만 우리는 어떻게 반응할지에 대해서는 모든 것을 할 수 있다. 포트 아서 살육 사건에 관해 가장 힘들었던 점은 죽은 사람들의 가족과 살아남은 사람들의 상처와 아픔을 지켜보는 일이었다. 어떤 사람들은 침묵했고, 어떤 사람들은 밖으로 표출했다. 포트 아서에서 죽은 어느 십대 소녀의 어머니는 총을 쏜 사람이 '지옥에서 썩어야 한다'고 말했다. 물론 충분히 이해할 수 있는 감정이지만, 그녀 자신의 마음의 평화에는 도움이 되지 않는다.

## 미움은 미움을 낳는다

1996년 4월 28일 포트 아서에서 일어난 일은 태즈메이니아의 사람들이 여전히 받아들이기 쉽지 않은 사건이다. 모든 태즈메이니아 사람들이 그렇듯이 나 역시 그날 오후를, 그리고 소름끼치는 이야기가 시작될 때와 같은 공포와 충격, 도저히 믿어지지 않던 마음을 잊지 못할 것이다.

그러나 만일 포트 아서에서 벌어졌던 그날의 사건이 이미 벌어진 일에 대한 사람들의 반응 때문에 더 많은 피해자를 낳게 된다면, 그것은 더욱 비극적일 것이다. 생존자 가운데 일부는 이런 위험성을 알고 있다.

여러 해 전 어느 날 아침, 나는 일터에서 차를 마시며 동료들과 대화를 나누었는데, 그날은 잔인하게 살해된 어느 젊은 여성이 대화의 주제였다. 살해 혐의로 기소된 남자를 죽이기 위해 처녀의 아버지가 살인청부 계약을 맺었다는 소문이 있었다. 그날 아침 탁자에 둘러앉아 차를 마시고 있던 사람들은 하나같이 아버지가 이 사람을 청부 살해해도 정당화될 것이라고 여겼다. 나는 이런 방식은 더 많은 폭력을 낳을 뿐이라고 얘기했다. 보스니아와 북아일랜드, 르완다를 보라. 폭력은 폭력을 낳는다. 더 많은 사람들이 미워할수록 상황은 더 악화된다. 하지만 내 얘기를 듣고 사람들은 다들 화를 냈다. "당신의 딸이 그때 그렇게 살해당했더라도 과연 그렇게 말할 수 있을까요?" 내 아이가 그때 살해당했다면 내가 어떤 반응을 보일지 나는 알지 못한다. 하지만 그렇더라도 내가 복수의 길을 선택하지는 않기를 바란다. 미움은 상황을 더 악화시킬 뿐이라는 것을 힘든 경험을 통해 배웠기 때문이다. 건강한 삶으로 가는 길은 복수가 아니라 용서다.

비극을 뒤따르는 사람들은 자기의 삶을 제대로 살아갈 수가 없다. 자신이나 자신이 사랑하는 사람에게 해를 끼친 사람을 끊임없이 미워하며 괴로워하는 사람들이 있다. 만일 그런 감정들이 우리 삶의 중심을 차지하도록 허용한다면, 그 감정들은 우리를 지배하고 우리의 삶을 파괴하는 강력한 힘이 되고 말 것이다.

## 원망과 용서

인간관계에서 원망보다 더 파괴적인 것은 아무것도 없다. 오십 년 동안이나 다른 사람들에 대한 원한을 품어 온 사람들을 만난 적이 있다. 원한은 그들을 삼켜 버렸고 그들의 몸까지도 병들게 만들었다. 기독교의 전통적인 입장은 우리가 용서해야 한다는 것이다. 우리가 용서해야 한다는 것이 진실이긴 하지만, 아직 자신의 상처를 치유하지 못한 사람에게 억지로라도 무조건 용서부터 해야 한다고 말하는 것은 바람직하지 않다. 댄 알렌더는 아동기 성폭행의 치유를 다룬 책《상처 받은 가슴(The Wounded Heart)》에서 이렇게 지적한다.

폭행당한 사람들은 무조건 선하게 행동하라거나 가해자를 사랑하라고 권유받을 때가 너무 많다. 사랑한다는 것이 무엇을 의미하는지, 또는 하나님이 주신 '사랑하고 싶은 마음'을 가로 막고 있는 것이 무엇인지 등 복잡한 문제를 제대로 살펴보지도 못한 채 말이다. 그러면 감당하기 힘든 그런 임무들을 해내기 위해 영혼을 더욱 무감각하게 만들거나, 혹은 그런 고통스러운 길을 너무나 무신경하게 권유하는 사람 또는 하나님에게 격렬한 분노로 반발하는 결과를 낳기 쉽다.[38]

사람들은 그렇게 하지 않으면 안 된다고 느껴서가 아니라 스스로 원하기 때문에 용서해야 한다. 스테파니 도우릭은 그녀의 베스트셀러 《용서 그리고 사랑의 다른 행위들(Forgiveness and Other Acts of Love)》에서 용서의 실제적인 혜택 몇 가지를 열거한다. 용서가 이기적인 행위처럼 보일 수도 있겠지만, 어쨌든 그녀의 말이 옳다.

당신이 어느새 정상적이라고 믿게 된 긴장된 근육들이 편안히 이완된다. 감염이나 훨씬 더 심각한 질병에 대해 덜 취약해진다. 면역 체계가 향상된다. 얼굴 근육이 편안해진다. 음식이 더 맛있게 느껴진다. 세상이 더 좋아 보인다. 우울함이 급격히 감소한다. 사람들과 더 자주 만날 수 있고, 자기 자신과도 훨씬 더 많이 만날 수 있다. 그러면서도 자기 자신에 대한 염려가 점점 줄어든다.[39]

물론, 용서는 결코 쉬운 일이 아니다. 특히 폭행을 당했을 때는 더욱 그렇다. 용서는 우리에게 저절로 오지 않는다. 스테파니 도우릭은 단언한다.

용서는 이성적인 마음을 깊이 거스른다. 어떤 사람이 우리에게 상처를 입히고 우리를 해치거나 폭행했을 때, 어떤 사람이 우리에게서 마음의 평화나 안전을 훔쳤을 때, 어떤 사람이 우리가 사랑하는 사람에게 해를 가하거나 생명을 앗아갔을 때, 또는 어떤 사람이 단순히 우리를 오해하거나 공격했을 때, 우리가 그 공격을 눈감아 주어야 할 이유는 없다.[40]

예전에는 용서란 사람들이 우리에게 상처를 주었을 때 우리 자신이 하는 것이라고 생각했었다. 최근에는 용서란 하나의 태도라는 것을 알게 되었다. 정말로 용서는 우리에게 상처 입히는 사람들에 대해, 삶에 대해 반응하는 하나의 방식이다. 용서는 예수님의 가르침의 중심에 자리하고 있으며, 과거의 상처들을 치유하는 열쇠 가운데 하나다. 다른 사람을 거부할 때, 용서하기를 거부할 때, 우리는 우리 자신이 바로 용서받지 못한 문제의 일부라는 사실을 받아들이지 않으며 거부하고 있다. 용서를 거부할 때, 우리는 자신의 약한 모습들을 더욱 깊이 억누르게 된다. 루스 카터 스테이플턴은 그런 행위의 위험성을 이렇게 통찰한다.

우리가 용서할 수 없는 것이 있다면, 그게 무엇이든 우리는 언젠가 그것을 경험하게 될 것이다. 다른 사람의 약점을 용서할 수 없다는 것은 우리에게도 비슷한 흠이 있다는 것을 말해주기 때문이다. 만일 우리가 다른 사람의 그 약점을 용서했다면, 용서의 행위는 우리 자신의 약점에 대한 해독제로 작용했을 것이다. 하지만 용서하지 않으려는 마음은 우리 안에 있는 흉한 자질들의 씨앗을 자라게 한다.[41]

주기도문의 내용은 이 주제를 더 잘 이해하게 해 준다. 예수님이 우리에게 "우리가 우리에게 죄 지은 자를 용서하여 준 것 같이 우리의 죄를 용서하여 주십시오."라고 기도하라고 말했을 때, 예수님은 우리가 다른 사람들을 용서할 때 우리의 가슴이 하나님의 용서를 받도록 더 많이 열릴 것이라고 말하고 있다. 끊임없이 괴롭히는 죄의식과 두려움에 시달리며 몸부림쳐 온 많은 사람들이 죄의식에서 풀려나고 내면의 평화를 발견하는 데 필요한 것은 단 한 가지뿐이다. 자신에게 상처 입힌 사람들을 용서하는 것.

## 가족의 경험이 우리의 모습을 이룬다

우리가 자라난 가족에서의 경험이 우리의 모습을 얼마나 많이 형성하는지 깨닫는 데는 내게 많은 세월이 걸렸다. 가족 안에서 겪은 어린 시절의 경험이 우리의 모습을 이루는 데 아주 큰 영향을 미친다는 말은 과장된 게 아니다. 우리의 가치관과 태도들, 그리고 행동들은 우리의 가족에 의해 형성된다.

가족 안에서의 경험은 우리가 다른 사람과 관계를 맺고 서로 관계하는 방식에 영향을 미친다. 물론, 모든 가족이 서로 다르기 때문에 우리가 갖는 가치관과 태도들도 사람에 따라 다르다. 4장에서는 죽음을 대하는 여러 가족들의 다양한 태도에 대해 얘기할 것이다. 가족들 안에는 가족 구성원이 행동하는 방식을 지배하는 어떤 무언의 규칙들이 있다. 예를 들어, 당신의 가족은 성적인 문제를 공개적으로 얘기하면 안 된다는 규칙이나 애정을 공개적으로 표현하면 안 된다는 규칙이 있을 수 있고, 심지어 어떤 감정도 공개적으로 표현하면 안 된다는 규칙까지 있을 수 있다.

이런 규칙들은 종종 세대를 거쳐 전해 내려오며, 분명하게 설명되거나 도전받는 경우가 거의 없다. 이런 무언의 관습들에 용감하게 도전해 보면, 그런 관습들을 방어하려는 에너지가 굉장하다는 것을 금세 발견할 것이다. 당신이 그런 도전을 했을 때 다른 가족 구성원이 화를 냈다면, 아마 그 뒤에는 이런 식의 뉘앙스가 담겨 있을 것이다. "우리 가족은 언제나 이런 식으로 살아왔어. 어떻게 감히 네가 평지풍파를 일으킬 수 있지? 너는 우리가 오랫동안 살아온 이 방식이 잘못되었다는 거야?"

어떤 가족들은 인색할 정도는 아니라도 검소하게 생활할 것과, 어떤 대가를 치르더라도 빚지는 것만은 피할 것을 권장해 왔을 수 있다. 우리 아버지는 1920년대와 1930년대 세계 대공황기의 힘든 시절을 겪으며 살았다. 아버지는 빵과 국물만으로 식사를 한다는 것, 때로는 굶기까지 한다는 것이 어떤 것인지를 기억한다. 이런 경험은 돈과 소유물, 그리고 빚에 대한 우리 부모 세대의 태도를 이루었다. 절대로 외상으로는 사지 말라는 것은 우리 가족의 좌우명이었다. 우리는 돈을 저축할 때까지 기다렸다가 그 뒤에야 물건을 샀다. 만일 수중에 돈이 없으면, 그것은 우리가 원하는 것이 무엇이건 그것을 살 수 없다는 것을 의미했다.

그런 힘든 시절을 겪은 사람들 중에는 값비싼 선물을 위해 돈을 낭비한다는 것은 아예 불가능한 일로 여기는 사람들도 있을 것이다. 그들은 동전 한 닢까지 감시하는 구두쇠가 되었을 것이다. 하지만 우리 아버지는 돈에 대해 관대해지는 쪽을 택했다. 돈 없는 가난한 시절을 겪은 아버지는 자녀들만은 자신과 같은 삶을 살지 않기를 원했다. 그래서 그분은 무척 너그러운 아버지였다.

# 태도들의 충돌

돈을 매우 신중히 다루는 가정에서 자란 사람들은 반대의 가정, 즉 값비싼 선물과 외식을 그 사람에 대한 존중의 표시로 여기는 가정에서 자란 사람들에게 끌리는 경우가 많을 것이다. 그들은 아낌없이 주는 태도와 너그러움에 마음이 끌린다. 그렇지만 값비싼 성탄절 선물을 사는 것과 주택구입 대출금의 일부를 갚는 것 가운데 하나만을 선택해야 한다면, 어떤 일이 벌어질까?

가족 안에서 다른 위치에 있던 부부 사이에도 갈등이 잠재되어 있다. 맏이들은 자기가 하고 싶은 대로 하는 데 익숙한 편이다. 이것은 유일한 자녀라는 특권적인 자리를 독점하는 동안에 배운 것이다. 맏이가 둘째 자녀와 결혼한다면 아무 문제도 없을 것이다. 둘째 자녀는 맏이가 원하는 대로 하는 데 익숙하기 때문이다.

그러나 만일 두 맏이가 결혼하여 함께 산다면 거의 확실히 불꽃이 튀길 것이다. 누가 더 강한지를 확인하려는 싸움이 일어나기 때문이다. 의사소통의 영역에서도 마찬가지다. 한쪽 배우자의 가정에서는 부모의 말이 법이었을 수 있다. 그런 가정의 아빠가 "높이 뛰어!"라고 말했다면 아이들은 감히 왜냐고 묻지 않았을 것이며, 그들의 본능적인 반응은 "얼마나 높이요?"였을 것이다. 그것은 그 아이들이 부모에게 사랑과 존경을 보여 주는 방식이었다. 하지만 다른 쪽 배우자의 가정에서는 아버지가 토론을 권장하고, 저녁 식사를 마친 뒤 식탁에 둘러앉아 활기찬 토론을 했을 수 있다. 마가렛 앤드류스는 그런 가정에서 자랐다. 결혼한 뒤 그녀는 남편이 자기와는 판이하게 다른 가정에서 자랐음을 곧 알게 되었다.

그러던 중 어떤 문제에 대해 얘기하다가 나는 격앙되어 내 의견을 강하게 얘기했다. 그러자 남편은 내 의견의 정당성을 증명해 보라고 요구하는 것이었다. 나는 무척 놀랐다. 왜냐하면 '남편이 나를 사랑한다면 틀림없이 내 말을 받아들였을 거야. 내 관점을 받아들이고 그 점에 대해 논쟁하지 않았겠지.'라고 생각했기 때문이다. 그렇지만 점점 우리는 서로가 자라면서 배운 다른 방식으로 의사소통하고 있다는 것을 깨달았다. 어느 쪽도 옳거나 그르지는 않았지만, 이런 방식들은 우리의 관계에 상당한 영향력을 미치고 있었다.[42]

128

부부 관계에서 가장 큰 갈등이 일어날 수 있는 영역 가운데 하나는 자녀를 양육하는 방식이다. 우리의 원래 가족은 우리가 양육하는 방식을 배우는 곳이다.

마가렛 앤드류스는 말한다.

시간이 지나면서 우리는 서로의 가정환경에 대해 더 많이 알게 되었다. 서로의 가족이 어떤 식으로 일을 처리했고, 의사소통은 어떻게 했고, 돈에 대해서는 어떻게 느꼈고, 갈등은 어떻게 다루었으며, 자녀들은 어떻게 양육했고, 어떻게 놀았는지 등등. 가정환경을 이해하면서 우리는 우리 자신을 이해하게 되었고, 우리가 왜 예전의 방식대로 서로 관계하는지를 알게 되었다. 우리 가족은 식사할 때 동시에 여러 가지 이야기를 하면서 떠들썩하게 재잘거리곤 했다. 남편의 가족은 가족 수가 적었고 한 번에 한 사람씩만 얘기했다고 한다. 나는 말수가 적고 아예 말없이 침묵할 때도 있는 분위기에서는 마음이 불편했던 게 기억난다. 이렇게 알아 가면서 우리는 서로를 더욱 이해하게 되었고, 새로운 가족으로서 어떻게 해야 할지를 선택할 수 있었다.[43]

# 새로운 방식들을 배우기

우리의 모습이 가족에 의해 어떤 식으로 형성되었는지를 이해하게 될 때, 우리는 비로소 변화할 수 있게 된다. 우리가 왜지금과 같은 방식으로 반응하는지를 이해하게 될 때, 우리는비로소 자유롭게 서로 다른 반응을 보일 수 있다. 어린 시절 우리 남매를 훈육한 아버지의 방식은 상당히 권위적이었다. 아버지는 자주는 아니지만 필요하다고 느낄 때마다 골프채와 허리띠를 사용했다. 내가 한계를 많이 벗어날 때마다 그랬는데, 내 기억이 정확하다면 그런 일이 꽤 자주 일어났다. 아버지를비난하려는 것이 아니다. 아버지는 아마 자신이 훈육받은 방식대로 자녀를 훈육했을 것이다.

우리 부모 세대는 자녀를 권위적인 방식으로 양육하는 경향이 있었다. 자녀를 대하는 새로운 방식들이 개발된 것은 불과 20여 년 전부터인데, 토마스 고든의 '부모 역할 훈련(Parent Effectiveness Training)'과 같은 탁월한 기법들이 여기에 영향을 미쳤다. 이런 기법들은 더 나은 가족생활과 자녀 교육을 위한 좋은 방법을 부모들에게 제공했다.

우리는 어린 시절의 영향력들로부터 자유로워질 수 있으며,

새로운 양육 방법을 배울 수 있다. 마가렛 앤드류스와 그녀의 남편은 새로운 양육 방법을 개발했다.

지금 우리의 가족 식탁은 우리의 두 가정환경의 혼합이다. 우리의 원래 가족에 대해 돌이켜봄으로써 우리는 가족과 함께 하는 식사 시간이 우리 모두에게 의미 있는 시간이 되도록 절충할 수 있게 되었다.⁴⁴

# 4

# 미래로부터의 자유

우리는 죽음처럼 틀림없이 일어날 미래의
사건들만 두려워하는 것이 아니라,
일어나지 않을 일들에 대해서도 두려워한다.

## 불가피한 것

여기에서 지금 얘기하려는 내용은 어떤 사람들에게는 마주하기 어려운 주제일지도 모른다. 왜냐하면 인간 사회에서 가장 인기 없는 주제들 가운데 하나인 죽음에 대해 얘기하려 하기 때문이다. 1997년 파리에서 일어난 자동차 사고로 다이애나 황태자비가 비극적인 죽음을 맞았다는 소식을 접했을 때, 죽음을 피할 수 없다는 현실과 삶이 허약한다는 사실은 우리 모두의 가슴에 강하게 와 닿았다.

다이애나의 죽음을 통해 삶이 얼마나 짧을 수 있는지를 깨달았다고 하는 사람들을 나는 많이 만나 보았다. 하지만 어떤 독자들은 이 장을 그냥 넘길지도 모른다. 내 경험상 포스트모던 사회에 사는 사람들은 지식과 교양이 풍부하지만 예전과 다름없이 죽음을 두려워하기 때문이다. 죽음은 엄청난 무엇으로 보인다. 그러나 물론 진실은, 죽음이 전과 다름없이 늘 일어나고 있다는 것이다. 그럼에도 어떤 사람들, 특히 다이애나 황태자비나 마더 테레사와 같이 유명한 인물이 죽으면 우리는 금세 그 소식을 듣게 된다.

백 년 전만 해도 새로운 소식들은 조금씩 걸러지면서 서서히 세계로 퍼져 나갔고, 사람들은 끔찍한 비극을 좀 더 누그러진 방식으로 받아들일 시간을 가질 수 있었다. 하지만 이제 미디어는 사건이 일어나자마자 곧 모든 처참한 세부 사항들까지 우리에게 전하고 있다. 우리는 세부 사항을 천천히 흡수할 기회를 갖지 못한 채 그 모든 광경을 눈앞에서 생생한 천연색으로 본다. 그런 장면들은 우리의 마음에 충격을 줄 수 있으며 순순히 받아들이기가 어렵다. 그 뒤에 우리는 일어난 사건에 대한 미디어의 끝없는 분석을 듣게 되며, 그것은 사람들의 마음에 더욱 큰 충격을 줄 수 있다. 내가 만나 본 어떤 사람들은 죽음에 대한 생각이 언뜻 떠오르는 것마저 피하기 위해 상당히 많은 에너지를 소모하는 것으로 보였다. 그렇지만 만일 삶에서 절대적으로 불가피한 것이 있다면, 그것은 우리 모두가 언젠가는 죽을 것이라는 사실이다. 내가 아는 대부분의 사람들은 죽는다는 사실에 대해 그다지 생각하지 않는다.


## 죽음은 삶의 일부다

우리가 죽음의 불가피성을 직면하지 않는다면, 죽음에 대한 근심은 현재에 우리의 정서적인 에너지를 상당히 소모시킬 수 있다. 그렇다고 해서 나는 어떤 사람들이 그러하듯이 우리가 죽는다는 사실을 계속 떠올려야 한다고 주장하는 것이 아니지만, 죽음의 불가피성을 직면하지 않는다면 그 두려움은 우리가 지금 이 순간을 충실히 살지 못하도록 방해하는 장애물이 될 수 있다.

죽음은 진정으로 보편적인 인간의 관습이라는 말이 있다. 우리 모두는 조만간 죽음을 겪는다. 우리 대부분은 죽음이나 죽는 과정에 대해 생각하기를 두려워한다. 그러나 나는 죽음이 두렵지 않다. 그리스도를 따르는 사람으로서 내가 어디로 가고 있으며, 내가 누구와 영원히 함께 할 것인지를 알기 때문이다. 나는 죽음의 과정에 대해서는 그다지 관심이 많지 않다. 내가 원하는 대로 죽음의 방식을 선택할 수는 없지만, 그래도 오래 질질 끌거나 폭력적인 방식으로 죽고 싶지는 않다.

우리가 아무리 죽음에 대해 생각하고 싶지 않더라도 조만간 우리는 저마다 죽음을 맞을 것이다. 죽음은 삶의 일부다. 태어나는 순간부터 우리는 죽기 시작한다. 그런데 우리 대부분이 죽음을 기피하는 또 하나의 이유가 있다. 우리 사회에서는 죽음이 멀리 떨어져 있다는 것이다.

## 어느 방식이 더 건강할까

우리 대부분은 텔레비전 화면에서, 영화관에서 또는 신문에서만 주검을 본다. 그래서 죽음과 죽어가는 것은 우리에게 깊이 와 닿지 않는다. 죽음은 서양 사회에서 격리되었다. 세계의 2/3지역에서는 죽음이 매일 일어나는 구체적이고 실제적인 사건이다. 서양에서는 그렇지 않다. 죽음은 사회에서 격리되어 병원 안에, 양로원에, 장의사들 안에 숨겨져 왔다. 우리의 사랑하는 사람이 죽을 때, 그들은 대부분 병원이나 양로원에서 죽을 것이다. 만일 그들이 일반 가정에서 죽는다면, 훈련을 받은 전문 장의사들이 와서 그들을 데려가 무덤에 묻기 위해 준비할 것이다.

내가 아는 장례 인도자들은 그들의 임무를 매우 전문적으로 세심하게 수행하는 훌륭한 사람들이다. 죽음을 다루는 일은 아마도 가족들이 훈련된 외부 전문가에게 맡긴 최초의 일 중 하나일 것이다. 어떤 의미에서는 왜 그러는지 이해된다. 하지만 나는 죽음을 다루는 데 전문가들을 고용하는 것이 우리가 하나의 사회로서 죽음을 직면하는 가장 건강한 방식인지에 대해서는 의구심을 품고 있다. 백 년 전만 해도 어느 가족 구성원이 죽으면 그는 집의 거실에 눕혀지고, 그곳에서 장례를 치르는 날까지 사람들의 방문을 받을 수 있었다. 거실이 고안된 것은 원래 그런 일을 위해서였다. 사랑하는 친구들이나 친척들이 그 몸을 씻기고 옷을 입히며, 시신을 무덤에 묻기 위해 준비했다. 이 과정을 거치면서 사람들의 슬픔은 적잖이 해소될 수 있었다. 그들은 사랑하는 사람의 죽음을 훨씬 더 빨리 받아들일 수 있었고 작별을 고할 수 있었다. 이런 방식은 죽음에 대한 두려움도 가져갔다. 죽은 몸을 두려워하는 이유 가운데 하나는 질병에 대한 두려움이지만, 우리 사회에서 감염된 질병으로 죽는 사람은 거의 없다.


## 접촉하는 것이 건강하다

죽은 몸에 접촉하더라도 암이나 심근 경색에 걸리지는 않을 것이다. 사랑하는 사람의 죽은 몸과 접촉하는 것, 그들의 손을 쥐거나 작별 키스를 하는 것은 남아 있는 사람들에게 도움이 된다. 나는 목회자로 일하게 된 첫 해까지는 어떤 사람도 죽는 것을, 심지어 죽은 몸조차도 본 적이 없었다. 어느 날, 죽어가고 있는 교인을 위해 기도해 달라는 요청을 받고서 병원에 갔다. 나는 그의 침대 옆에 앉아서 그와 가족을 위해 기도했다. 그리고 내가 그곳에 있는 동안 그가 죽었다. 상당히 경외로운 경험이었다. 한 순간 그는 위독한 환자였으나, 다음 순간 그는 죽은 사람이었다. 그의 생명력, 그의 영혼이 그를 떠났고, 남아 있는 것은 그저 한때 인간이었던 어떤 사람의 빈껍데기뿐이었다.

그 일은 결코 잊을 수 없는 경험이었다. 어떤 사람이 죽는 것을 지켜보는 것은 어떤 사람이 태어나는 것을 지켜보는 것과 여러 가지 면에서 같기 때문이다. 죽음은 전적으로 우리의 통제 너머에 있는 것이다. 죽어가는 사람은 완전히 무력하다. 그들이 자신의 죽음을 멈추기 위해 할 수 있는 일은 아무것도 없으며, 우리 역시 그 죽음을 멈추기 위해 할 수 있는 일이 없다.

내 말이 죽음에 대해 너무 낭만적으로 들리지 않기를 바란다. 왜냐하면 죽음은 눈앞에서 분명하며 두려움을 불러일으킬 수 있기 때문이다. 하지만 거기에는 죽어가는 사람에 관한 불가사의가 있다. 그 깊이를 우리는 결코 측량할 수 없다. 그리고 사랑하는 사람이 죽어가는 과정에 완전히 참여하는 것은 건강하고 좋은 경험이다.

죽음을 숨기는 대신 공개된 자리로 가져와서 죽음에 대해 얘기할 필요가 있다. 우리는 죽음을 덮어 가리려는 경향이 있다. 마치 그렇게 하면 우리 자신과 사랑하는 사람이 보호되기라도 할 것처럼 말이다. 나는 불치병 진단을 받은 사랑하는 사람에게 진실을 말하지 않기로 결정하는 가족들을 많이 보았다. "우리는 이 병이 얼마나 중한지를 그에게 얘기하지 않으려고 해요. 그런 말을 들으면 희망을 잃을 수 있으니까요." 그들은 이런 이유로 진실을 덮어 가린다. 하지만 불치병에 걸린 사람에게는 진실을 알 권리가 없는 것일까? 그들에게 진실을 숨

길 권리가 우리에게 있는 것일까?

치명적인 질병에 걸렸다는 사실을 자신에게 말해 주지 않았다는 것을 나중에 알고서 몹시 화를 내는 사람들이 많다. 죽음을 준비할 기회를 박탈당했다고 느끼기 때문이다. 우리가 그들에게 진실을 얘기하지 않는 것은 이타적인 이유와는 거리가 먼 경우가 많다. 실은 그들이 그 사실을 듣는 것을 우리 자신이 감당하지 못할 것이라고 느끼기 때문이다. 그들이 그 사실을 알게 되면, 우리는 진단 결과를 현실로 받아들여야 하는 고통에 직면하지 않을 수 없다. 이 모든 것은 죽음을 부인하는 우리의 사회에서 죽음을 가리려는 우리의 시도들이다. 그러나 우리 사회에서 죽음에 대해 더욱 건강한 태도를 보여 주는 몇몇 사례들이 있다.

그런 사례 가운데 하나는 최근에 〈죽음에 관한 펭귄 북(The Penguin Book of Death)〉이 출간된 것이며, 이 에세이 시리즈는 죽음이라는 주제를 매우 솔직하고 전면적으로 다루고 있다.[45] 우리 사회에서 죽음에 대해 공개적인 토론을 더욱 권장할수록, 우리는 정서적으로 더욱 건강해질 것이며 지금 이 순간을 더욱 효과적으로 살게 될 것이다. 그러므로 가정과 학교에서 죽음에 대해 알맞은 방식으로 가르치고 어린 나이부터 토론할 필요가 있다. 혹 죽음에 대한 토론은 너무 음울할 것이라는 이유로 초등학교에서 이런 주제에 대해 얘기하는 것이 거북하게 느껴진다면, 우리는 우리 자신에게 물어볼 필요가 있다. 우리의 은폐를 부채질하는 것은 혹시 죽음에 대한 우리의 두려움이 아닐까? 죽음에 대해 더 정직할수록 우리는 더욱 건강하게 살수 있다.


## 미래에 직면할 때 현재가 더 풍요로워진다


죽음에 대한 두려움은 우리에게서 지금 여기의 삶을 앗아갈 수 있다. 우리 모두에게 거의 확실한 것은 백 년 뒤에는 우리가 살아 있지 않을 것이라는 점이다. 나는 2099년까지 달력을 제공하는 전자수첩을 가지고 있다. 얼마 전 2070년의 달력을 보면서 '나는 그때까지 살아 있지 않을 거야. 120세까지 살지는 않을 테니까!'라는 생각이 들었는데, 묘한 기분이 느껴졌다. 우리의 유한한 운명을 직시하는 것은 좋은 일이다. 그러면 죽음에 대한 두려움에서 해방되어, 그 두려움을 억누르기 위해 에너지를 고갈시키는 대신에 지금 이 순간을 더욱 완전히 살수 있기 때문이다.

스캇 펙은 자신의 책 《끝나지 않은 여행(Further Along the Road Less Travelled)》에서 이렇게 말하고 있다. "삶이 유한하다는 것을 자각할 때 우리는 삶이 무의미하다는 느낌에 휩싸일 것이다. 우리는 큰 낫을 든 죽음의 사신에 의해 지푸라기들처럼 잘릴 것이기 때문이다. 우리의 하찮은 인간 존재에 무슨 의미가 있을 수 있겠는가?"[46]

하지만 그는 죽음은 우리의 삶에서 의미를 앗아가는 것이 아니라 오히려 더 많은 의미를 줄 수 있다고 말을 잇는다. 그는 제안한다.

죽음은 훌륭한 연인이다. 만일 당신이 무의미하다는 느낌이나 권태감에 시달리고 있다면, 당신 존재의 마지막 순간과 진지한 관계를 맺어 보라. 나는 이보다 더 나은 제안을 알지 못한다. 위대한 사랑과 마찬가지로 죽음은 불가사의로 가득 차 있으며, 거기에서 대단한 흥분이 나올 수 있다. 죽음의 불가사의와 씨름할 때 삶의 의미를 발견할 것이기 때문이다.[47]

스캇 펙은 또한 인도주의자 앨버트 슈바이처를 인용하며 이렇게 말한다.

　　만일 우리가 정말로 좋은 사람이 되기를 바란다면, 우리는
죽음에 대한 생각에 익숙해져야 한다. 죽음에 대해 매일 혹은
매 시간 생각할 필요는 없다. 그러나 우리를 둘러싼 풍경이 점
차 희미해지고 멀리 보이는 풍경을 끝까지 응시할 수 있는 좋
은 지점으로 인생의 행로가 우리를 인도할 때, 부디 눈을 감지
는 말자. 그 순간 잠시 멈추고, 멀리 바라본 뒤, 다시 앞으로 나
아가자. 이런 식으로 죽음에 대해 생각하면 삶에 대한 사랑이
생겨난다. 죽음에 익숙해질 때 우리는 매주, 매일을 선물로 받
아들인다. 우리가 이처럼 삶을 선물로 받아들일 수 있을 때 비
로소 삶은 조금씩 더 귀중해진다.[48]

　　그렇지만 죽음이라는 우리의 운명을 받아들이는 것은 쉽사
리 금방 할 수 있는 일이 아니다. 나는 목회자로 일하면서 맨
처음 다루었던 자살 사건을 생생히 기억한다. 그 남자는 목을
매어 자살했는데, 그 후로 한동안 나는 밤마다 그의 가족들이
한 말과 그때의 장면들로 가득 찬 어수선한 마음으로 꿈에서
깨어나곤 했다. 심지어 목을 맨 나 자신의 모습이 상상되기도

했다. 곰곰 돌이켜본 끝에, 나는 이것이 프로이트 학파에서 말하는 '죽음에 대한 동경' 같은 것이 아니라, 죽음이라는 나 자신의 운명과 씨름하고 있었다는 것을 알게 되었다. 어느 날 죽음의 (은유적인) 올가미가 내 목에 감기는 날이 올 것이다. 어느날 내 몸은 친구들과 친척들이 찾아와서 볼 수 있도록 나무 관에 넣어질 것이다. 나는 영원히 살지 않을 것이다.

자신이 죽을 것이라는 사실을 받아들이는 정도만큼 사별한 사람들을 도울 수 있다는 말이 목회자들 사이에 전해져 왔다. 나는 이 원리가 지금 이 순간을 사는 것에 대해서도 진실이라고 믿는다. 죽음을 피할 수 없다는 사실을 얼마나 받아들일 수 있느냐는 지금 이 순간을 살 수 있는 우리의 능력에 영향을 미칠 것이다.


## 죽음의 문 주위를 걸었을 때

영성 작가 헨리 나우웬은 자동차에 치인 뒤 죽음을 직면한 적이 있다. 어느 한겨울날 아침, 그는 캐나다에 있는 집 근처에서 빙판 도로를 걷다가, 지나가는 차의 사이드 미러에 등을 치였다. 처음에는 심하게 다친 것 같지 않았지만, 그가 병원에 실려 갔을 때 의사들은 갈비뼈 다섯 대가 부러졌다는 것을 발견했다. 그는 심한 통증을 느끼기 시작했고 머리가 어질어질 했으며 구토 증세를 느꼈다. 내출혈이 있어 초음파 검사를 해 보니 비장에서 출혈이 일어나고 있었다. 그의 상태는 점점 더 악화되어 갔다. 의사들은 그의 생명을 구하기 위해 비장을 제거하는 응급 수술을 단행했다. 헨리 나우웬은 말한다.

그때 내가 경험한 것은 이전에는 전혀 경험해 보지 않은 것이었다. 그것은 순수하고 조건 없는 사랑이었다. 더욱이 내가 경험한 것은 강렬한 인격적 현존이었는데, 그 현존은 내 모든 두려움을 옆으로 밀쳐내며 말했다. "오라. 두려워하지 마라. 나는 너를 사랑한다." 그분은 무척 너그러우며 판단하지 않는 현존이었다. 그 현존은 그저 내게 완전히 신뢰하라고 말했을 뿐이다. 내가 본 것은 따뜻한 빛이나 무지개 혹은 열린 문이 아니었으며, 내가 느낀 것은 인간적이면서도 신성한 현존이었다. 나를 더 가까이 다가오라고, 내 모든 두려움을 놓아 보내라고 초대하는……[49]

나우웬은 죽음에 직면하여, 그가 평생 따르고 섬기고자 했던 예수님의 손에 자신의 생명을 완전히 맡긴 것은 그를 새롭게 변화시키는 경험이었다고 말한다.

부모님과 친구들과 선생님들을 통해 예수님을 알게 된 뒤로 내 삶 전체는 예수님을 따르려는 힘겨운 시도였다. 성경을 공부하고 강연과 설교를 듣고 영적인 책들을 읽으면서 헤아릴 수 없이 많은 시간을 보냈다. 예수님은 내 곁에 아주 가까이 계셨지만 또한 아주 멀리 계셨고, 친구였지만 또한 낯선 분이었고, 희망의 근원이었지만 또한 두려움과 죄의식, 부끄러움의 근원이었다. 하지만 이제 내가 죽음의 문 주위를 걸었을 때, 모든 모호함과 불확실성이 사라졌다.

내 삶의 주님이신 그분은 그곳에 계셨고 내게 말씀하셨다. "오라, 내게 오라."[50]

헨리 나우웬은 자신을 휘감은 그 벅찬 감정은 고향집으로 돌아올 때의 느낌이었다고 말한다.

# 마지막 날을 상상해 보기

앤소니 드 멜로 신부는 죽음을 맞이하여 관 속에 누운 자신의 몸을 상상으로 바라보는 연습을 제안한다. 이런 연습을 건강하지 않은 상상이라고 느끼는 사람들도 있을지 모르지만, 내 경험상 현실에 직면하는 것은 결코 건강하지 않을 수가 없다. 드 멜로는 충분한 시간을 갖고 조용한 곳에서 다음과 같이 연습해 보라고 한다.

　장례식을 위해 관 속에 누워 있는 당신의 몸을 본다고 상상해 보십시오…… 그 몸을 자세히 바라보십시오, 특히 당신의 얼굴에 나타난 표정을……

　이제 당신의 장례식을 위해 찾아온 모든 사람을 바라보십시오…… 천천히 움직이며 한 사람씩 차례로 그들의 얼굴을 들여다보십시오…… 한 사람씩 앞에 설 때마다 멈추어 서서, 그들이 어떤 생각을 하고 어떤 감정을 느낄지 짐작해 보십시오……

　이제 당신을 기리는 추도사를 들으십시오. 누가 말하고 있습니까? 낭독되는 내용이 어떻게 느껴집니까? 추도사에서 얘기하는 당신의 모든 좋은 점들이 가슴으로 받아들여집니까?……

만일 그럴 수 없다면, 왜 그 말을 받아들이는 데 저항이 느껴지는지 살펴보십시오……

당신의 장례식에 온 친구들의 얼굴을 다시 바라보십시오…… 장례식이 끝날 때 그들이 얘기하고 있을 당신의 좋은 점들을 상상해 보십시오…… 그들이 떠나기 전에 그들 한 사람 한 사람에게 해 주고 싶은 말이 있습니까? 당신에 대한 그들의 모든 생각을 듣고 모든 감정을 느낀 뒤 마지막으로 그들에게 해 주고 싶은, 아아, 이제는 그들이 결코 들을 수 없는 마지막 작별 인사가?…… 얘기하십시오, 그들이 듣지 못한다 해도. 그리고 그것이 당신에게 어떤 영향을 미치는지 보십시오……

장례식이 끝났습니다. 이제 당신의 몸이 누워 있는 묘지 위에 서서, 친구들이 묘지를 떠나는 것을 지켜봅니다. 그곳에 서서 당신의 삶과 경험들을 되돌아볼 때 어떤 감정이 느껴집니까…… 그 모든 것이 가치 있었습니까?……

이제 방 안에 있는 당신의 존재를 알아차리고, 당신이 여전히 살아 있으며 아직 당신에게 시간이 주어져 있음을 깨달으십시오…… 이 연습의 결과로 당신의 친구들이 달리 보입니까? 당신 자신이 달리 느껴집니까?……[51]

# 주어진 시간을 최대한 선용하라

십대 시절에 내게 가장 많은 영향을 미친 사람 가운데 한 명은 더그였다. 더그만큼 자상하고 현명하고 인정 많은 사람을 보기란 그리 쉬운 일이 아니다. 그에게는 그만의 독특한 능력과 너그러움, 매력이 있었다. 한마디로 그는 무척 훌륭한 사람이었다. 더그와 그의 아내 그레이스는 내 삶에 큰 영향을 주었다. 십대 시절에 나에게 준 그들의 사랑과 조언을 회상할 때마다 나는 고마운 마음을 금할 수 없다.

더그는 장암을 선고받고, 그 병 때문에 1994년에 세상을 떠났다. 그는 시드니 병원의 암환자 지원 모임에 참여하고 있다고 했다. 임종을 맞이하기 몇 주 전인 어느 날 밤, 그는 시드니에서 내게 전화를 했다. 그리고는 작년이 자신의 인생에서 가장 풍요로운 한 해였다고 했다. 이 땅 위에 있을 날이 얼마 남지 않았다는 현실을 정면으로 직시했기 때문이라는 것이다. 그는 자신의 상태를 가족에게 솔직히 털어놓았고, 가족들은 그를 정직하게 대했다. 그는 자신과 함께 암환자 지원 모임에 참여하는 사람들 가운데 상당수는 에이즈에 걸린 동성애자들이라고 했다. 더그는 거의 모든 면에서 희망을 포기한 그들과 같은 모임의 일원이 되어, 미래에 대한 자신의 기독교적 희망을 그들과 나눌 기회를 가진 것은 겸허하게 하는 경험이었다고 말했다.

　나의 또 다른 친구인 짐은 오랫동안 암을 지니고 있는데, 그는 죽음이라는 운명을 직면하는 데 도움이 되도록 자기의 관을 직접 만들기로 결심했다. 직접 관을 만든 것은 구입하는 것보다 비용이 저렴하기 때문만이 아니라 그런 과정에 치유 효과가 있기 때문이었다. 그는 관을 거실에 놓아두고 커피 탁자로 사용한다. 그는 자기의 죽은 몸을 담을 상자를 미리 만들면서 죽음의 불가피성을 더 많이 받아들이게 되었다고 말했다. 어떤 사람들은 자기의 관을 만드는 그의 행위를 이상하게 여긴다. 변태 행위로까지 보지는 않지만 그가 죽음에 대해 병적인 관심을 보이는 것으로 생각한다. 그러나 나는 그의 행위가 매우 건강한 것이라고 생각한다. 그와 가족이 현실을 직면하는 데 큰 도움이 될 것이다.

# 하루씩만 살아라

우리는 죽음처럼 틀림없이 일어날 미래의 사건들만 두려워하는 것이 아니라, 일어나지 않을 일들에 대해서도 두려워한다. 나는 걱정하지 않고 사는 때가 별로 없을 정도로 걱정이 많은 사람이었다. 내 걱정은 주로 건강에 집중되었던 탓에 오랫동안 건강에 대한 온갖 두려움들과 씨름해 왔는데, 그 모든 두려움은 여태까지 전혀 근거가 없는 것들이었다.

데일 카네기는 제2차 세계대전을 겪은 어느 젊은 병사에 관해 말한다. 전쟁이 막바지로 치달을 무렵, 그 병사는 우리가 오늘날 '외상 후 스트레스 증후군'이라고 부르는 질병을 겪게 되어 군 의무실에 입원했다. 병사의 임무는 전투 중에 사망하거나 실종되거나 부상당한 모든 병사들의 기록을 만들고 보존하는 일을 돕는 것이었다. 그는 사망한 병사의 유품들을 모아서 가족에게 돌려주어야 했고, 사망한 연합군과 독일 병사들의 시신을 매장하는 일도 도와야 했다. 그것은 매우 스트레스를 받는 일이었다. 급기야 그는 너무나 스트레스를 받아서 체중이 15킬로그램이나 감소했고 심신이 완전히 망가질 지경에 처해 있었다. 군의관은 젊은 병사에게 걱정을 조절하는 법을 배우지 않으면, 그리고 모래 알갱이가 하나씩만 모래시계의 목을 통과하듯이 한 번에 한 가지씩만 일하는 법을 배우지 않으면 살아남기 어려울 것이라고 조언했다.[52]

카네기는 그가 그 후로 "한 번에 모래 한 알갱이…… 한 번에 한 가지 일"이라는 이 철학을 실천해 왔다고 말한다. 우리가 주로 할 일은 멀리 흐릿하게 놓여 있는 것을 보는 것이 아니라, 가까이에 분명히 놓여 있는 일을 하는 것이다. 우리는 카네기가 '하루씩으로만 나뉘어 있는 칸막이'라고 부르는 것 안에서 살 필요가 있다. 우리는 분명 미래에 대해 생각도 하고 계획도 세우지만, 오늘 하루, 지금 이 순간을 사는 데 에너지를 집중해야 한다.[53]

## 오늘이 마지막 하루인 것처럼

지금 이 순간을 더욱 완전하게 사는 또 하나의 방법이 있다. 하루를 시작할 때 "나는 오늘 하루를 마치 내 마지막 하루인 것처럼 살겠다."고 말하는 것이다. 예전에 에이즈 말기 환자인 어느 남성은 이렇게 말했다. "나와 다른 사람들의 유일한 차이

154

점이 있습니다. 나는 그들과 달리 내가 기대하는 것보다 나의 삶이 짧을 것이라는 점을 알고 있습니다."

오늘 하루는 내가 지상에서 누리는 마지막 날일 수 있음을 마음에 새길 때마다, 나는 그날 하루의 매 순간을 더욱 잘 이용하곤 한다. 죽음이 불가피함을 받아들이는 사람들은 그만큼 편안한 마음으로 그렇게 할 수 있을 것이다. 나는 내가 죽을 때 일어날 일에 대해 의심하지 않으며, 이런 믿음이 하루를 자유로운 기분으로 시작하게 한다. 날마다 그렇게 하지는 않지만, 가끔씩 이런 자세로 하루를 살 때마다 많은 도움이 된다.

## 미래는 알 필요가 없다

우리는 주로 미래를 사는 세상에서 살고 있다. 오늘날 많은 사람들에게 현재는 힘들고 불행한 곳이다. 그래서 그들은 미래에 초점을 맞춘다. 우리는 미래를 계획한다. 미래를 위해 돈을 따로 남겨 놓는다. 미래를 재정적으로 안전하게 만들겠다는 희망으로, 그리고 돈으로 행복을 살 수 있다는 그릇된 믿음으로 도박에 가까운 투기를 한다. 우리는 미래에 대해 걱정한다.

과거 십여 년 동안, 미래가 어떻게 될 것인지 알고자 하는 관심이 크게 일면서 미래에 대한 두려움과 걱정도 덩달아 커졌다. 예로부터 사람들은 미래를 예측하려 노력했지만, 최근에 호주에서는 미래를 점치는 일이 거의 종교가 되다시피 했다. 별들을 통해 우리의 미래를 예측하려는 점성학 칼럼이 실려 있지 않은 신문이나 잡지를 찾기란 불가능에 가깝다. 심지어 0055 서비스 번호(우리나라는 060임―옮긴이)까지 있어서, 미래를 예측할 수 있다고 주장하는 점성가들과 심령술사들에게 직접 전화를 걸 수도 있다.

태어날 때의 별자리는 성격의 유형을 식별하는 또 하나의 방식으로까지 자리를 잡았으며, 대부분의 사람들은 별자리를 알아보는 것을 재미까지는 아니더라도 무해한 것으로 여긴다. 하지만 나는 우리가 미래에 살도록, 또는 미래에 대해 알도록 창조되지 않았다고 믿는다. 우리는 현재를 살도록 창조되었다.

마가렛 휴스턴이 약간 놀림조로 말했듯이 "만일 내가 미래를 볼 수 있다면 난 아마 질겁할 거예요. 미래를 알고 싶은 마음은 조금도 없어요. 미래가 나에게 오면 그때 그것을 살 겁니다. 그 미래는 분명 의미 있을 거예요. 그것은 의미 있는 지금 이 순간의 결과일 테니까요."

156

기독교 경전들은 미래를 예측하려 하는 것이 대단히 현명하지 못한 태도임을 암시한다. 구약성서 신명기는 운명을 예측하기 위해 흑마술이나 주술을 사용하는 행위, 또는 죽은 자의 영혼과 얘기하거나 주문을 외우는 행위를 경고한다(18장 10절 이하). 나는 사람들이 왜 미래에 열중하는지 이해하지만, 결국 그것은 우리가 어디에 신뢰를 두느냐의 문제라고 믿는다. 우리는 우리의 미래를 하나님께 맡기는가, 아니면 점성술사들에게 맡기는가? 나는 내가 어디에 신뢰를 두겠다고 선택하는지 안다. 성서의 경고들은 차치하고라도, 미래가 무엇을 가져올지 알기 위해 애쓰는 것이 얼마나 타당하겠는가?

미래를 알려 하는 이유는 미래가 가져올 것에 대한 불안감 때문이다. 그런데 만일 어느 미래 예언가가 내가 자동차 사고나 암으로 죽을 것이라고 예언하거나, 내 사랑하는 사람이 끔찍한 죽음을 맞이할 것이라고 예언한다면 어떻겠는가? 만일 그들의 예언이 정확히 맞다면, 내가 미래에 대해 덜 걱정하게 될까, 아니면 더 걱정하게 될까? 미래가 무엇을 가져올지 안다고 해서 미래가 바뀔 수 있다는 보장은 없다. 사실, 어떤 끔찍한 일이 미래에 일어날 것이라고 믿는다면 나는 훨씬 더 걱정하게 될 것이다. 그리고 만일 그 예언이 잘못된 것이었는데도 내가 사실이라고 믿는다면, 그것은 자기 충족적인 예언이 될 수도 있다.

만일 어떤 사람이 자신이 어떤 식으로 죽을 것이라고 충분히 강하게 믿는다면, 그는 그렇게 죽을 수도 있다. 이것은 미신이나 마법이 아니라, 인간의 마음의 힘이다. 뼈로 가리키는 호주 원주민의 관습이 그 점을 증명한다. 호주 원주민이든 혹은 다른 어떤 사람이든, 만일 누군가가 죽은 사람의 뼈로 자기를 가리키면 자기는 죽을 것이라고 완전히 믿는다면, 아마 그는 죽을 것이다. 미래가 가져올 것들에 대해 알려고 하지 않는 태도에는 큰 장점이 있다. 예수님이 말씀하셨듯이, 한 날의 괴로움은 그날로 족하기 때문이다. 우리는 한 번에 하루씩 대처할 힘을 부여받았다. 미래를 미리 알게 되면 걱정할 일이 생기기 마련이다. 당연히 그럴 필요가 없다.


## 미래에 대한 그릇된 기대들

어린 시절에 우리는 마음속으로 온갖 종류의, 하지만 종종 완전히 비현실적인 기대들을 창조할 수 있다. 내가 영원한 로

맨스의 신화라고 부르는 것도 그런 기대들 가운데 하나다. 동화책뿐 아니라 대중매체와 가족이 심어 준 기대들은 내가 언젠가는 완벽한 여성을 만날 것이라는 믿음을 갖게 만들었다. 처음 만나자마자 그녀의 눈은 나의 눈을 사로잡아 버릴 테고 우리는 사랑에 빠질 것이다. 그녀는 더없이 아름다운 여성이며, 아무리 피곤해도 발랄하게 얘기하는 사람이며, 또한 완벽한 요리사일 것이다.

그러나 현실은 그런 식으로 일어나지 않았다. 나는 매력적인 여성과 결혼했고 그녀를 많이 사랑한다. 하지만 그녀는 언제나 발랄하게 이야기하는 사람은 아니다. 특히 피곤할 때는……. 나도 그렇다. 삶은 그렇지 않다. 똑같은 사람과 계속 함께 지내는 것은 쉽지 않은 일이라는 것이 오래 지속되는 인간관계의 현실이다. 낭만적인 연애와 육체적인 매력만으로는 지속적인 관계를 위한 견고한 기반이 되지 못한다. 영화 〈타이타닉〉에서 로즈와 잭의 사랑 이야기는 아름다운 이야기지만, 그것은 낭만적인 연애에 대한 20세기의 신화가 상당히 반영된 이야기다. 사랑은 가슴이 두근거리거나 흥분되는 것만이 아니라 오히려 평생의 약속에 더 가까운 것이다. 낭만적인 사랑은 사랑하는 관계의 일부이긴 하지만 그 토대는 아니다. 삶이 무엇을 가져오더라도 서로에 대한 약속을 지키겠다는 결심이야 말로 관계가 지속되는 토대일 수 있다. 결국 사랑은 선택이다. 사랑에 빠졌다가도 사랑에서 빠져나올 수 있다. 낭만적인 사랑은 희미해질 수 있지만, 만일 우리가 사랑을 계속하기로 선택한다면 낭만적인 사랑도 돌아올 것이다.

스캇 펙은 그의 베스트셀러 《아직도 가야 할 길(The Road Less Travelled)》에서 삶은 힘든 것이라는, 놀라울 것 없는 관찰로 이야기를 시작한다.[54] 이 말은 우리 대부분이 매일 직면해야 하는 수많은 문제들 때문에 당연하게 들릴지 모르지만, 많은 사람들은 삶이 힘들다는 것을 잘 받아들이지 못하는 것 같다. 그들은 삶이 쉬워야 하며 문제가 없어야 한다는 믿음을 가지고 살아간다. 내가 보기에 많은 종교인은 이런 믿음을 가지고 살아가는 것처럼 보인다. 나 역시 거의 반평생 동안 그렇게 믿었다. '하나님께서 내 삶을 주관하시므로 모든 일이 순조롭게 흘러갈 것이다. 내겐 별 문제가 없을 것이다. 적어도 큰 문제들은 없을 것이다.'라고 생각하는 것이다. 하지만 우리의 실제 경험은 삶이 그렇지 않다는 것을 알려 준다. 우리는 살아가면서 날마다 갖가지 문제들과 직면한다. 하나님은 우리에게 문제가 없는 삶을 주겠다고 약속하시는 것이 아니라, 그 모든 문제들

안에서 우리와 함께 하고 우리에게 대처할 힘을 주겠다고 약속하신다.

하지만 만일 우리가 미래에 대한 그릇된 기대들을 믿으며 살아간다면, 우리는 이런 문제들의 무게에 짓눌리고 말 것이다. 내가 만난 사람들 가운데는 골치 아픈 일과 문제들 때문에 항상 한탄하는 사람들이 있었다. 그들은 삶이 불공평하다고 느낀다. 웬일인지 그들에게는 자꾸만 불운한 일들이 생긴다. 늘 문제들이 생기고 일이 잘못된다.

문제들이 있는 것은 잘못된 게 아니라 정상이라는 것을 깨닫는 데는 내게 많은 세월이 걸렸다. 삶이 가져오는 문제들에 대해 어떻게 반응할지는 내가 선택할 수 있음을 깨닫는 데는 몇 년이 더 걸렸다. 내가 유치해 보이는가? 아마 그럴 것이다. 하지만 나만 그런 것은 아닐 것이다. 내가 이 점을 깨닫도록 도와준 것은 내 친구의 경험이었는데, 그 친구의 동생은 만성피로 증후군을 앓고 있었다. 그 동생이 내 친구에게 말했다. "내가 만성피로 증후군에 걸린 건 엄마와 아빠가 이혼했기 때문이야." 그러나 삶의 문제들에 어떻게 반응할지는 자신이 선택할 수 있음을 깨달았던 내 친구는 말했다. "아니, 너는 엄마와 아빠가 헤어져서 만성피로 증후군에 걸린 게 아니야. 부모님의 이혼에 대한 네 반응 때문에 그 병에 걸린 거야."

　이것은 삶의 가장 깊은 원리 가운데 하나다. 우리가 문제들에 어떻게 반응하는지는 우리가 문제들에 얼마나 잘 대처하는지를 결정한다. 이 진실을 이해하는 사람들에게는 이것이 너무나 명백해 보이지만, 그렇지 않은 사람들에게는 명백하게 보이지 않는다. 나는 그것을 깨닫지 못한 채로 반평생을 살았다. 그러나 이제 알게 되었다. 우리의 삶에서 일어나는 문제들을 방지하기 위해 우리가 할 수 있는 일은 없다는 것을……. 하지만 우리는 그런 문제들에 반응하는 방식에 관해서는 모든 것을 할 수 있다.

# 4

# 삶의 속도를 늦추어라

속도를 늦추어라. 주위를 둘러보라.
장미의 향기를 맡기 위해 시간을 내고, 서로의 얼굴을
들여다보기 위해 시간을 내라. 삶을 돌아볼 시간을 내라.
나는 어디를 향해 가고 있는가?

## 우리의 분주한 문화

삶의 질을 높이고 싶다면, 그 첫째 단계는 이슈들을 다루는 데는 한 가지 방법만 있는 게 아니라 많은 방법이 있다는 점을 알아차리는 것이다. 우리는 저마다 자신이 중요하게 여기는 성공의 기준을 한번 바꿔 볼 여지가 있는지 살펴볼 필요가 있다. 나는 우리가 재물의 양을 중시하는 쪽으로부터 삶의 질을 중시하는 쪽으로, 정보에 압도당하는 쪽으로부터 지식과 지혜를 중시하는 쪽으로 옮겨가기를 바란다.

우리는 심지어 업무를 마치고 휴식할 때에도 그 시간을 잘 이용하지 못한다. 그래서 여가 시간에도 열심히 일을 할 때가 많다. 마이어 브릭스(Myer-Briggs) 유형 도표에서 내 성격 유형은 ENTJ이다. 나는 타고난 지도자이며, 사람들을 조직하고 미래를 위해 계획하는 것을 좋아한다. 하지만 여가에 대해서는 어려움을 느낀다. 여가 자체를 목적으로 하면서 아무 일도 안 하고 편안히 휴식하며 재충전하기가 힘든 것이다. 아무 일도 안 하고 놀기만 하면 죄책감이 느껴진다. 〈소저너 (Sojourners)〉 잡지에 기고한 글에서, 영성 관련 미국인 논평가인 짐 라이스는 우리가 여가를 완전히 즐기지 못하는 현상의 근원을 찾아 산업시대까지 거슬러 올라간다.

은행가들과 제조업자들은 노동자들이 날마다 성실하게 노동하도록 만드는 최선의 길은 검소함과 진지함, 절제를 권장하고 '빈둥거림'을 억제하는 것이라고 느꼈다. 아담 스미스는《국부론》에서 주장하기를, 활동이 진정으로 생산적일 때는 오로지 원재료를 가공해 쓸모 있는 것을 만들 때뿐이며, 빈둥거리는 자는 아무것도 생산하지 않는다고 했다. 인간은 오로지 노동을 통해서만 생산하고 지식을 얻게 된다는 르네상스 강령은 19세기의 사회를 인도하는 원칙이 되었으며, 자유시장주의자인 아담 스미스의 추종자들뿐만 아니라 사회주의자, 공산주의자, '과학적인' 사상가들, 그리고 유토피아적 이상주의자들까지도 받아들인 철학이었다. 빈둥거리는 시간을 악마의 놀이터로 여기던 당시의 시각은 오늘날 문명에 필수적인 것으로 여겨지는 여가와는 거리가 아주 멀었다.

19세기가 끝나가면서 새로운 현상이 나타났다. 더욱더 많은 노동자들이 생계유지에 필요한 것 이상의 재산을 보유하게 되었다. 그러자 노동자들이 여분의 돈으로 할 수 있는 것들을 제공하는 사업들이 자연스레 생겨나기 시작했다. 1850년에서 1900년 사이에는 노동자들의 퇴근 후 소비에 이득을 보는 사업들이 성장했다. '천박'하게 여겨졌던 오락들은 잠재적인 수익의 원천으로 보이기 시작하면서 새로운 의미를 띠며 수용되었다.

라이스는 이렇게 말을 잇는다.

사람들이 재미를 위해 하던 고리던지기, 공굴리기, 토끼몰이 등 무료 놀이는 권투, 골프, 축구처럼 돈을 내고 보는 오락으로 바뀌었다. 동시에 그렇게 된 것은 아니지만, 퇴근 후 즐기는 이런 오락들을 묘사하는 데 사용되는 언어도 역시 변했다. '빈둥

거린다'는 단어는 점점 사용되지 않게 되었고, 대신 '레저(여가)'라는 말이 출현하기 시작했다. 그 당시 태동하고 있던 사업은 이제 수십억 달러 규모의 거대한 놀이 산업이 되었다. 우리의 문화는 요란한 광고들을 끊임없이 내보내고 있으며, 우리의 자유로운 시간을 채워 나갈 무수한 상품들뿐 아니라, 더 많은 여가 시간을 창출하기 위한 시간절약 상품들까지 광고한다. 이제 우리는 열심히 일하라고 권장될 뿐만 아니라 열심히 놀기도 해야 한다고 지도받는다.[55]

## 속도를 늦추어라

내가 살고 있는 호주의 태즈메이니아 섬은 세계에서 가장 아름다운 곳 가운데 하나다. 이 섬에는 온 세계로부터 사람들을 끌어들이는 다채로운 풍경과 바위투성이 황야가 있다. 이런 곳에 살아도 우리는 눈을 뜨고 지금 이 순간을 살면서, 시간을 내어 주위에 있는 것들을 볼 때만 우리 세계의 아름다움과 신비로움을 감상할 수 있다. 사이먼과 가펑클은 느리게 움직이던 1960년대로 돌아가도록 권유한다. 우리가 너무 빨리 움직이고 있기 때문이다. 하지만 우리는 그들의 충고를 듣지 않는다. 삶은 점점 더 빨라졌고 더욱더 복잡해졌다. 시간을 절약하기 위해 개발된 모든 발명품에도 불구하고 우리가 갖는 시간은 점점 더 줄어드는 것 같다. 우리에게는 확실히 보장된 여유가 남아 있지 않으며, 예비로 남겨둔 여유가 하나도 없는 한계까지 몰아붙여지고 있다. 그래서 계단의 꼭대기에 도달할 즈음에는 우리의 폐 속에 남아 있는 공기가 없을 것이다. 바쁜 한 주의 끝에 도달할 즈음에는 몸에 남아 있는 에너지가 없을 것이다. 우리는 연료가 바닥난 채로 달리는 경우가 많다. 그러다 보면 우리의 기력은 완전히 소진될 것이다.

속도를 늦추지 않으면 빈곤한 삶을 살 수 있다. 우리는 너무 빨리 가고 있다. 속도를 늦출 때조차 우리의 마음은 다른 곳에 가 있을 수 있으며, 산만해지고 지치고 하루의 무거운 짐에 짓눌릴 수 있다. 그러나 일단 자신이 산만하다는 것을 알아차리게 되면, 이런 산만함을 극복할 수 있는 유일한 길이 있다. 우리는 현재에 조율되기 위해, 지금 하고 있는 일에 관심을 모으기 위해, 지금 함께 있는 사람과 진정으로 함께 하기 위해 의식적인 노력을 기울여야 한다.

구약성서 시편에는 어떤 성서학자도 아직 정확하게 번역하지 못한 매우 특이한 히브리어 단어가 있다. 그것은 셀라(selah) 라는 단어인데, '멈추다, 중단하다'를 의미하는 말로 보인다. 나는 이 단어가 새로운 천년으로 향하고 있는 우리의 세계에 시의적절한 말이라고 생각한다. 멈추고 중단하라. 속도를 늦 추어라. 주위를 둘러보라. 장미의 향기를 맡기 위해 시간을 내 고, 서로의 얼굴을 들여다보기 위해 시간을 내라. 삶을 돌아볼 시간을 내라. 나는 어디를 향해 가고 있는가? 나는 무엇을 하고 있는가? 내가 하고 있는 일은 내가 일부를 이루는 이 세상에 어떤 공헌을 하고 있는가?

## 삶에서 중요한 것

"나는 내몰리고 있는가? 그렇다면 무엇이 나를 내모는가?" 라는 질문을 스스로 물어보면 좋을 것이다. 내몰리고 있는 사람들은 죄의식과 두려움 때문에 그러는 경우가 많다. 우리를 오늘날의 세계로 내몰 수 있는 것들은 아주 많다. 돈, 권력, 명성, 지위, 안락한 삶, 소유물에 대한 욕망이 그런 것들이다. 어떤 직무에 요구되는 것들은 결국은 별 쓸모가 없는 일들을 하는 데 엄청난 시간과 노력, 에너지를 소모하게 만들 수 있다. 아들 제임스가 세상을 떠난 뒤, 나는 삶에는 오직 한 가지만이 중요하다는 것을 알게 되었다. 삶에서 가장 중요한 것은 바로 관계들이다. 하나님과의 관계, 가족과의 관계, 친구들과의 관계. 살다 보면 모든 것을 잃을 수도 있다. 설령 그렇더라도 만일 사랑하는 사람들과 여전히 관계할 수 있다면, 나는 계속 살아갈 수가 있다. 그런 관계들을 지금 잘 돌보는 것이 우리의 삶에서 높은 우선순위가 되어야 한다.

## 매 순간을 더 잘 알아차리기

우리가 삶을 더욱 충만하게 사는 데는 많은 기법이 필요하지 않다는 것을 나는 알게 되었다. 우리에게 필요한 일이란 살아가는 매 순간을 더 잘 알아차리는 것이 전부일 때가 많다. 나는 원래 주변의 상황을 잘 알아차리지 못하는 유형의 사람인데, 이것이 남성들의 공통적인 특성이라고 느끼는 여성들이 있다. 나는 평소에 옷의 색깔 같은 세부적인 것들을 잘 알아차리지 못한다. 이제까지 내가 관찰한 바로는 남자들은 상당히

주의가 산만한 편이다. 나도 마찬가지여서 신경 써서 주의를 기울이지 않으면 주변 환경을 잘 알아차리지 못한다. 차를 타고 똑같은 도로를 여러 번 왕복하면서도 주변에 있는 산들의 색깔이나 지형을 잘 알아차리지 못하곤 한다. 생활이 바쁘고 어딘가에 몰두해 있기 때문일 수도 있지만, 내 경우에는 단지 성격 때문이다. 평소에 사물들의 세부 사항을 잘 눈여겨보지 않는 것이다. 그래서 나의 경우, 주변 세계의 아름다움을 즐기기 위해서는 더욱 의식하고 집중하는 노력을 해야 한다.

포스트모던 시대를 살아가는 우리의 문제들 중 하나는 우리가 너무 많이 머릿속에서 살고 있다는 것이다. 2년 전 아버지가 암으로 돌아가실 때, 나는 내가 그렇게 살고 있었다는 것을 좀 더 분명히 알아차렸다. 감정들을 지적으로 분석하는 것이 감정들을 통제하려는 방식이라는 것도 알게 되었다. 감정들을 있는 그대로 느끼도록 자신에게 완전히 허용하면 내가 당황하거나 상처 받을까 봐 두려웠다. 죽어가고 있는 이 사람은 다른 누구의 아버지가 아니라 바로 내 아빠였다. 나는 그런 감정들이 드러나도록 허용하고 싶었지만, 동시에 두려웠다. 그래서 감정들을 느끼도록 스스로 허용하는 대신, 내가 경험하고 있는 감정을 분석함으로써 그 감정들을 머릿속으로 밀어 넣었다. 나는 그 감정들을 매우 생생하게 잘 묘사할 수 있었다. 하지만 그 감정들을 느끼고 있지는 않았다. 그것은 내 전부가 물샐틈없이 억제되고 있다는 것을 의미했다. 그것은 건강한 상태가 아니다. 영성 작가 앤소니 드 멜로는 유익한 연습을 제안한다.

눈을 감으세요. 나는 이제 당신이 지금 이 순간에 느끼고 있지만 뚜렷이 알아차리지 못하고 있는 몸의 감각들을 알아차리도록 요청할 것입니다.

어깨 위에서 느껴지는 옷의 촉감을 알아차리십시오…… 또는 지금 앉아 있는 의자가 등에 와 닿는 촉감을……

이제 두 손이 서로 닿을 때 또는 무릎 위에 놓여 있을 때 손에서 느껴지는 느낌을 알아차리십시오……

이제 의자를 누르고 있는 허벅지나 엉덩이를 의식하십시오……

이제 발바닥이 신발에 닿을 때 느껴지는 발바닥의 느낌에 집중하십시오……

다시 한 번 차례로 느껴 보십시오. 어깨…… 등…… 오른손…… 왼손…… 허벅지…… 발……

다시 차례로 느껴 보십시오. 어깨…… 등…… 오른손…… 왼

손…… 오른쪽 허벅지…… 왼쪽 허벅지…… 오른발……

계속하여 몸의 한 부분에서 다른 부분으로 옮겨가십시오. 한 부분에서 다른 부분으로 옮겨갈 때는 어깨, 등, 허벅지 등 한 부위에 2~3초 이상 머무르지 마십시오……

내가 제안한 몸의 부위들이나 당신이 원하는 다른 부위에 머무르십시오. 머리, 목, 팔, 가슴, 배…… 중요한 것은 각 부위의 느낌이나 감각을 알아차리는 것입니다. 1~2초가량 느낀 뒤, 몸의 다른 부분으로 옮겨가십시오……

5분 뒤에 눈을 뜨고 연습을 끝내십시오.[56]


이 연습의 목적은 감각의 경험에 더욱 접촉하게 하려는 것이다. 하지만 그렇게 하기가 생각만큼 늘 쉽지는 않다. 드 멜로는 지적한다. 팔과 다리와 손을 느껴 보도록 요청받을 때 어떤 사람들은 진정으로 그 느낌들을 느끼지 않으며, 대신에 마음속으로 팔다리에 관한 그림―팔다리의 크기, 모양, 몸에서의 위치―을 그린다고. 나 역시 그렇게 하고 있음을 깨닫는 데는 내게 많은 세월이 걸렸다. 나도 그렇게 하고 있었다. 내 감각들과 접촉하지 않을 때가 많은 것이다. 우리가 감각들과 더 잘 접촉하도록 하기 위해 앤소니 드 멜로는 이렇게 제안한다.

당신을 감싸고 있는 대기의 온기나 차가움을 느껴 보십시오. 산들바람이 당신의 몸을 애무할 때 그 바람을 느끼십시오. 피부에 와 닿는 태양의 따스함을 느끼십시오. 당신이 접촉하고 있는 대상의 감촉과 온도를 느껴 보십시오…… 그리고 그렇게 할 때 어떤 차이가 생기는지 보십시오. 지금 이 순간으로 들어올 때 자신이 어떻게 생생히 살아 있게 되는지 보십시오. 감각을 알아차리는 이 기법에 한번 숙달되고 나면, 그것이 당신에게 얼마나 좋은 영향을 미치는지를 보고 당신은 놀랄 것입니다. 특히 당신이 미래에 대해 걱정하거나 과거에 대해 죄의식을 느끼는 유형이라면 더욱 그럴 것입니다.

그렇지만 드 멜로는 우리가 처음에는 아마 이런 팔다리 표면의 작은 부위에서만 느낌들을 느낄 수 있을 것이라고, 아니면 전혀 느끼지 못할 수도 있다고 말한다. 오랫동안 머릿속에서 살아온 세월이 우리의 감각을 둔감하게 만들었을 수 있기 때문이다. 그래서 이런 훈련을 한동안 지속한 뒤에야 어떤 효과를 알아차릴 수도 있다.

다시 눈을 감고서 몸의 다양한 부위들에서 느껴지는 감각들과 접촉하십시오……

　가장 바람직한 것은, 몸의 다양한 부위들을 '손'이나 '다리' 또는 '등'이라고 생각하지 않는 것입니다. 그저 하나의 감각에서 다른 감각으로 옮겨가기만 할 뿐, 팔다리나 거기에서 경험하는 감각들에 꼬리표나 이름들을 붙이지 마십시오.

　만일 움직이거나 자세를 바꾸어야겠다는 충동이 느껴지면, 그 충동에 굴복하지 마십시오. 그저 그 충동과 신체적인 불편함을 알아차리십시오.[57]


## 우리가 살고 있는 세계의 아름다움

우리는 놀랍도록 아름다운 세계에 살고 있다. 그럼에도 우리는 너무 분주하거나 너무 많이 걱정하느라 주변에 있는 것들을 보지 못하고 지나칠 때가 많다. 첼로 연주가인 파블로 카잘스는 자서전에서 이 문제에 대해 말한다.

　지난 80년 동안 나는 날마다 똑같은 방식으로 하루를 시작했다. 그것은 기계적으로 진행되는 일과가 아니라 내 일상생활에 필수적인 어떤 것이다. 나는 피아노로 가서 바흐의 전주곡 두 곡과 푸가를 연주한다. 달리 하루를 시작한다는 것은 생각할 수도 없다. 이 연주는 집에 대한 축복 기도 같은 것이지만, 내게는 그런 의미만 있는 것이 아니다. 연주를 하면서 나는 이 세계를 재발견하며, 나 자신이 이 세계의 일부라는 기쁨을 누린다. 삶이란 얼마나 경이로운 것이며, 내가 인간이라는 것은 또 얼마나 기적 같은 현실인가. 그런 놀라움과 감탄으로 내 가슴은 가득 차오른다. 아침마다 자연의 기적을 바라보며 새롭게 감탄하지 않은 채 지나간 날은 단 하루도 없었다. 인간이라는 종족이 가한 모든 위해에도 불구하고, 우리를 둘러싼 세계는 경이롭기만 하다.[58]

내 오랜 친구이자 환경운동가인 피터 그랜트는 우리를 둘러싼 세계와 그 안에서 우리가 있는 자리에 대해 아름답게 쓰고 있다.

나는 앉아서 공상을 하고 있다. 아마 공부하고 있거나 글을 쓰고 있거나, 적어도 뭔가를 생각하고 있을 것이다. 내 마음속을 지나가는 생각들은 겨울 안개처럼 변덕스럽다. 때까치 한 마리가 창문 밖 나무 위에 내려앉는다. 부리에는 꿈틀거리는 검은 도마뱀이 물려 있다. 아무런 예고 없이 새는 나를 향해 곧장 날아오더니, 창문에 부리를, 이 경우에는 도마뱀을, 먼저 부딪친다. 그리고는 한 바퀴 빙 돌아 날더니 다시 되돌아온다. 도마뱀이 축 늘어져 먹을 만한 상태가 되기까지 그 행동을 세 번 더 반복한다. 그리고 때까치는 식사를 하기 위해 날아간다. 나는 이제 완전히 깨어 있다. 내 눈은 보았고, 내 귀는 들었고, 내 상상은 그 드라마의 나머지를 채우고 있다. 새는 그 먹이를 먹기 전에 잘게 찢을까, 그 새의 이름이 암시하듯이(때까치의 영어 이름은 '도살자 새'라는 뜻—옮긴이)? 아니면, 새는 운 나쁜 파충류를 한입에 삼킬까? 마음속을 떠돌던 나는 갑작스레 마음에서 빠져나와 삶과 죽음, 그리고 지금 이 순간에 초점이 맞추어졌다.

그는 또 말한다.

이 세계는 나의 집이 아니라고 말하는 사람들이 있다. 나는 영혼이며, 이 세계를 지나가고 있을 뿐이며, 천국이 나의 집이라고 그들은 말한다. 당신도 그런 말을 들었을 것이다. 나는 더 이상 그런 말을 믿지 않는다. 적어도, 마치 하나님이 영혼에만 관심이 있다는 듯이 말하는, 영과 물질이 분리되어 있다는 말을 믿지 않는다. 우리는 아무 까닭 없이 몸을 받은 것이 아니다. 하나님은 아무 까닭 없이 물질로 가득한 우주를 창조하신 것이 아니며, 아무 까닭 없이 우주를 보고 "좋다, 아주 좋다."라고 선언하신 것이 아니다. 하나님은 오로지 '영혼들'만 구원하기 위해 예수 그리스도로서 인간의 모습을 취하신 것도 아니다.

때까치의 갑작스러운 창문 밖 출현은 나에게 이런 현실들을 상기시켰다. 또한 사소해 보이지만 깜짝 놀라게 하는 방식으로 삶과 죽음이라는 현실을 상기시켰다. 욥의 말이 떠오른다.


이제 모든 짐승에게 물어보라. 그것들이 네게 가르치리라.

공중의 새에게 물어보라. 그것들이 또한 네게 말하리라.

땅에게 말하라. 네게 가르치리라.

바다의 고기도 네게 설명하리라.

이것들 중에 어느 것이

여호와의 손이 이를 행하신 줄을 알지 못하랴.

모든 생물의 생명과 모든 사람의 육신의 목숨이

다 그의 손에 있느니라.

(욥기 12장 7-10절)

자연계에 대한 위대한 관찰자인 예수님도 이와 같은 전통을 이어받으셨다. 그분은 식물과 동물들, 계절에 대해 얘기하셨으며, 한번은 "참새 한 마리도 내 아버지의 허락 없이는 땅에 떨어지지 않는다."고 하셨다.

나는 이 말이 도마뱀에게도 똑같이 적용된다고 믿는다.[59]


## 무엇이 정말로 중요한가?

내가 배운 가장 위대한 교훈 가운데 하나는, 인간으로서 나의 가치는 내가 무슨 일을 하는지가 아니라 내가 누구인지에 의해 평가된다는 것이다. 마리아와 언니 마르타에 관한 성경 이야기는 우리의 행위에 앞서 우리의 존재를 먼저 바르게 할 필요가 있음을 이해하게 한다. 예수님은 친구인 마르타와 마리아 자매의 집을 잠시 방문하셨다. 마르타는 너무 바빠서 잠시도 쉬지 못하는 반면, 마리아는 예수님 앞에 앉아서 말씀을 듣고 얘기를 나누기 위해 시간을 낸다. 클라이브 샘슨의 시 '베다니의 마르타'는 이 주제를 잘 보여 준다.

다 좋아

마당 그늘에 앉아

네가 그분과 영혼에 대해 얘기 나누는 것.

누군가는 가서 요리를 해야 해

아침 내내 화덕 앞에 서서

그대 둘이 편안히 쉬는 동안.

그분은 빵과 벌꿀만으로도

만족하실 것이라고

너는 말하는구나

다 좋아.

아마 그러시겠지―하지만 나는 그렇지 못할 거야

이렇게 우리 집에 오신 그분께

가장 좋은 음식을 드리지 못한다면.

그래, 다 좋아

그분이 너를 변호하려 하시는 것,

너의 행동이 좋다 말씀하시는 것,

내가 너무 많이 걱정한다 말씀하시는 것,

내가 늘 근심한다 말씀하시는 것.

누군가는 염려를 해야 해―

아무도 신경 쓰지 않으면 두 배로.

신앙과 믿음에 대해 얘기하는 것,

다 좋아.

하지만 모두들 시원한 곳에 앉아 있기만 하고

아무것도 먹지 못하면

너는 어떻게 할 거야?

그분은 돌아다니실 수 없을 거야

굶주린 채로는—

보름도 안 되어 돌아가시고 말 거야.

그러면 네가 어떻게 될까

아무리 토론하고 질문해도

대답해 줄 사람이 아무도 없다면?

다 좋아.[60]


'존재'와 '행위'는 둘 다 삶에 필수적이다. 마르타가 그리도 간단명료하게 지적하듯이……. 만일 우리가 음식을 준비하는 '행위'에 시간을 들이지 않는다면, 우리는 죽는다. 그러나 마르타가 이 이야기에서 발견했듯이, 만일 우리가 '존재'해야 할 때 '행위'로 바쁘다면 삶에서 중요한 것들을 놓칠 수 있다. 예수님은 마르타를 나무라신다. 마르타가 그들을 위해 음식을 준비했기 때문이 아니라, 그녀와 마리아에게 해 주고 싶은 중요한 이야기가 있는데 진수성찬을 차리느라 너무 분주했기 때문이다. 예수님은 말씀하시고 있었다. "보라, 마르타여, 빵 하나로도 충분하다. 그러니 와서 들어라, 네게 들려줄 중요한 말들이 있으니."

## 행위보다 존재

우리는 행위를 중시하는 세계에 살고 있다. 우리 세대의 우상들 가운데는 야망과 성취라는 우상이 있다. 우리가 어떤 사람을 처음 만났을 때 맨 먼저 묻는 질문은 "무슨 일을 하십니까?"이다. 다행히 요즘은 사람들이 실업이라는 현실에 좀 더 민감해지면서 무턱대고 이 질문을 던지지는 않는다. 나는 처음 만난 사람에게 무슨 일을 하는지 묻기보다는 시간을 어떻게 보내는지 묻곤 한다.

우리가 하는 일, 우리의 직업은 세상에서 우리의 지위를 규정하는 것 같다. 만일 우리가 직장에 다니지 않거나 자녀를 돌보며 지내고 있다면, 우리는 사회에서 정규직이든 비정규직이든 직장에서 근무하는 사람에 비해 낮은 평가를 받는 경향이 있다. 보수를 받는 직장에 다니는 대신 하루 종일 자녀를 돌보는 어머니나 노인들은 사회에 가치가 적은 존재로 여겨진다. 만일 세상에서 우리의 위치를 우리가 하는 일이나 하지 않는 일로 규정한다면, 우리 자신이나 남들이 인간으로서 우리의 가치를 이 기준으로 결정할 수 있다는 위험성이 있다. 나는 많은 사람들이 존재와 행위의 문제를 붙잡고 씨름하고 있다고 믿는다.


## 아이들은 우리의 스승이다

아이들은 우리 어른들보다 지금 이 순간을 더 잘 살 수 있는 능력을 지니고 있다. 내 아이들은 줄곧 나의 스승이었다. 여섯 살인 막내딸 캐서린과 아홉 살 된 엘리자베스는 지금 이 순간을 사는 법을 아주 잘 가르쳐 준다. 오늘 나는 캐서린과 동네 산책을 나갔다. 나는 산책이란 최대한 민첩하고 활동적으로 한 장소에서 다른 장소로 가는 것이며 운동 효과를 보도록 해야 한다고 생각했다. 산책도 실용적이어야 한다고 믿었던 것이다. 캐서린은 그렇지 않았다. 그 아이는 나보다 더 천천히 걷는다. 그 애의 다리가 내 다리보다 짧기 때문만이 아니다. 그 아이가 풍경에 훨씬 더 관심이 많아서 그런 것이다.

우리는 길 위에서 '달팽이가 지나간 흔적'을 따라가기 위해 멈추었다. 사실 그것은 길에 깔린 벽돌의 갈라진 금이었지만, 그 아이에게는 아니었다. 달팽이는 '차도로 기어올라 가서 구멍 속으로 사라진' 것이었다. 아이는 '엄마에게 가져다주기 위해' 길가의 꽃들을 꺾었다. 우리는 길 위에서 '제이(J)'—알파벳 '제이(J)' 모양을 한 막대기—를 집기 위해 멈추었고, 나중에 아이는 그것을 아이의 관심을 사로잡은 꽃들과 식물들에 갖다 대는 '긴 팔'로 이용했다. 캐서린은 우리를 공격하려고 위협한 '괴물'을 '제이(J)'로 싸워 물리치기 위해 잠시 멈추었다. 다음에는 길가에 피어 있는 꽃들을 더 꺾기 위해 멈추었다. 덩달아 나도 속도를 늦추게 되었다. 피부에 와 닿는 태양의 따스함을, 얼굴에 와 닿는 산들바람의 감촉을 그렇게 오래 느껴 본 적은 처음이었다.

# 어린아이처럼 사는 법을 배우기

어린아이들은 현재에 무척 집중되어 있다. 내가 글을 쓸 때도 캐서린은 옆에 앉아서, 우리의 산책에 대해 내가 방금 쓴 글을 읽어 달라고 한다. "아빠, 난 아빠가 오늘 그걸 끝내길 원해." 아이가 '그것'이라고 말하는 것은 내가 쓰는 책을 가리킨다. 우리의 상상력을 되찾는 것은 아이들이 우리에게 줄 수 있는 또 하나의 선물이다. 아이들은 아직 상상력을 잃지 않았다. 상상력 때문에 학교에서 연달아 비웃음을 당하지도 않았다. 큰딸 엘리자베스는 지금 이 순간을 사는 데 도사다. 그 아이는 상상하는 놀이를 좋아한다. 그 아이와 캐서린은 몇 시간이나 쉬지 않고 상상 놀이를 계속한다. 이 놀이를 하면서 아이들은 지금 이 순간의 경험 속으로 완전히 들어간다. 그 놀이는 아이들에게 지금 존재하는 모든 것이다.

엘리자베스는 내 무릎에 앉아서 팔로 내 목을 감싸며 껴안는 것도 좋아한다. 그렇게 껴안을 때 아이는 눈을 감고 바싹 끌어안는다. 그 아이는 포옹 전문가이며, 포옹할 때는 자신의 존재 전체로 그렇게 한다. 그 순간 그 아이에게 과거와 미래는 존재하지 않으며, 오직 포옹만이 중요한 모든 것이다. 그것은 경이로운 느낌이다. 우리 어른이 다시 배워야 할 필요가 있는 것이다.

예수님은 우리가 어린아이처럼 되지 않는다면 결코 천국에 들어가지 못할 것이라고 말씀하셨다(마태복음 18장 4절). 그분은 어린아이의 겸손함과 순수함, 천진함과 정직함을 염두에 두었을지 모른다. 그렇지만 어린아이에 관해 가장 분명한 점 중 하나는 아이의 무력함일 것이다. 어린아이는 부모에게 모든 필요를 의존한다.

혹 예수님은 우리가 하나님의 나라에 들어가려면 온전히 의지하고 내맡기는 어린아이가 되어야 한다는 뜻으로도 말씀하신 것은 아닐까? 우리가 그 '행복하고 단순한 존재'로 돌아갈 수는 없겠지만, 어린아이의 특징 가운데 일부를 우리 삶에 받아들임으로써 아이들에게 배울 수는 있다. 삶은 단순하지 않지만, 우리는 어린아이들이 하듯이 우리 앞에 있는 지금 이 순간을 삶으로써 삶을 더 단순하게 만들 수는 있다.

# 여가에 대한 생각을 바꾸기

짐 라이스는 "여가의 상업화는 인류를 위한 신의 원래 계획과 여러 면에서 정확히 정반대다."[61]라고 말한다. 그는 여가에 대한 생각을 바꿀 수 있는 일곱 가지 방식을 얘기한다.

### 1. 노는 것은 좋다

우리 대부분은 '어린 붉은 암탉(The Little Red Hen)'(교훈: 일하지 않으면 먹지 마라)과 '토끼와 거북이'(교훈: 꾸물거리면 진다) 같은 이야기를 들으며 자랐다. 그런 이야기들은 너무 많이 놀면 어떤 결과가 따르는지를 우리에게 보여 준다. 이런 이야기에서 부지런히 일하지 않는 자들은 흔히 게으름 때문에 고생을 하게 된다. (짐 라이스는 우리가 놀이의 가치를 긍정해야 하고, 놀이가 필요함을 인식해야 하며, 놀이를 하나님의 선물로 받아들여야 한다고 말한다.)

### 2. 여가는 그 자체로 하나의 목적이다

우리의 문화는 결과를 추구한다. 사실 많은 사람들이 그렇게 한다. 심지어 놀 때조차도 어떤 결과를 내거나 성취하려는 바람이 동기로 작용할 때가 많다. 비록 원하는 결과가 심장 박

동수를 낮추거나 콜레스테롤 수치를 낮추려는 것일지라도 말이다. (우리는 여가를 그 자체로 소중히 여겨야 하며, 즐겁게 노는 것을 높게 평가해야 한다. 단순히 그것이 좋은 것이라는 이유로. 그리고 음악이나 예술, 묵상이나 놀이는 본래 좋은 것이며 다른 어떤 정당화도 필요하지 않음을 인정해야 한다.)

### 3. 여가의 상업화는 영적인 문제다

우리는 이 점을 인정하고, 여가의 상업화에 저항할 필요가 있다. 광고들은 우리가 지불하는 돈의 양만큼 즐거움을 얻는다는 암시를 주지만, 실제로는 우리가 지불하는 돈과 그 대가로 얻는 즐거움 사이에는 필연적인 연관이 없다. (예를 들어, 시간당 사십 달러의 요금을 지불해야 하는 패러세일링이나 스키는 재미있고 신날 수 있지만, 소풍을 가서 무료로 배구를 하거나 자녀들과 주사위 게임을 해도 그만큼 재미있고 신날 수 있다.)

### 4. 개인적인 자기충족으로는 충분하지 않다

하나님의 창조 의도는 샬롬(shalom)이라는 성경 개념에 요약되어 있다. 샬롬에는 아름다움과 좋음, 진실과 기쁨을 포함하여 존재의 충만함과 전체성이라는 뜻이 포함되어 있다. 샬롬의 정의는 사회적인 차원도 포함한다. (사람들과 관계를 맺고 공동체 전체의 복지를 추구하는 것과 별개로는 개인적인 충족이 가능하지 않다. 바꿔 말하면, 타자는 없고 투수만 있다면 투수가 공을 던진다 해도 야구 경기는 이루어질 수 없는 것이다.)

## 5. 여가는 관람하기 위한 것이 아니라 직접 하기 위한 것이다

여가의 상업화에서 두드러진 특징은 관전자 스포츠의 성장이었다. 그리고 우리 대부분이 일상적으로 하는 활동 가운데 많은 부분을 차지하는 것은 텔레비전 시청, 독서, 자동차 운전, 만남, 수강, 외식, 극장과 연주회 관람, 카드놀이 등 앉아서 하는 활동이다. (그렇지만 앉아 있는 것이 곧 수동성이나 게으름과 같은 것은 아니다. '능동적인'과 '수동적인'은 지나치게 단순화된 범주들이다. 특히 마음의 활동을 측량하기는 어렵기 때문이다.)

## 6. 여가의 질은 단순한 삶에 대한 의지와 직결되어 있다

(더 적게 일하고 더 적은 보수를 받을 수 있는 선택권이 주어지더라도 많은 사람들은 그런 선택을 하지 못한다. 그런 선택은 우리의 눈앞에서 어른거리는 광고 상품들을 살 수 없다는 것을 의미하기 때문이다. 물질적인 것들에 대한 의존에서 해방되면 삶을 향상시킬 수 있는 가능성이 더

많아진다.)

7. 현대적인 편의시설이 반드시 여가의 질을 향상시키지는 않는다 ·

검소하게 살아가는 아미쉬파 사람들의 공동체에 텔레비전을 기증하겠다는 제의가 있었다. 그들의 반응은 이러했다. "만일 우리의 생활에 텔레비전을 추가한다면, 대신 우리가 무엇을 빼야 하지? 자녀와의 대화? 독서? 놀이?" 그들은 정중하게 거절했다. (우리는 그런 것들을 우리의 생활에 추가할 때 그것 대신 무엇을 '뺄' 것인지 곰곰이 살펴보는 경우가 별로 없다.)[62]

여가에 대해 더욱 의도적이고 영적인 접근을 한다고 해서 진공 상태에서 그렇게 하는 것은 아니다. 우리의 분주한 문화, 생활의 빠른 속도는 우리가 누리는 여가의 질에 직접적인 영향을 미친다. 그렇지만 과거를 낭만적으로만 미화시키지 않도록 주의해야 한다. 과거에 사람들은, 특히 저소득층 사람들은 생계를 유지하기 위해 언제나 고되게 일해야 했다. 그러나 한 세기 전만 해도, 어떤 문화들은 오늘날에도, 느린 템포로 일상생활을 했기에 덜 긴장할 수 있었고 자기 자신과 서로를 위해 더 많은 시간을 낼 수 있었다. 현대의 노동 환경에서는 많은 사람들이 가정을 떠나 장시간 일해야 하고, 출퇴근 시간의 교통 혼잡과 싸우며 급히 서두르고, 지쳐서 집에 돌아오며, 저녁 식사를 하고, 그 뒤에는 가정의 잡다한 허드렛일과 마주친다. 영적인 여가나 행복의 추구를 권장하는 것과는 거리가 먼 현대 사회는 '수많은 할 일'이라는 질병을 마치 규범처럼 만들어 전염시키고 있다. 우리는 이 질병에 대항할 수 있으며, 그러려면 적절한 예방 접종을 받아야 한다.[63]

그러기 위한 첫째 단계는 영적인 여가나 묵상적인 삶을 추구하지 못하도록 방해하는 우리 주변의 좋지 않은 영향력들을 알아차리고 거기에 저항하는 것이다. 그러나 외적인 것들을 변화시키는 것만으로는 충분하지 않을 것이다. 가정에서 어린 자녀들과 함께 지내기 위해 많은 여성과 일부 남성들이 정신 없이 분주하고 심한 압박을 받는 직업 세계를 떠났다. 그들은 조용히 지내면서 기도하고 묵상할 시간을 갖는 새로운 삶을 기대했다. 하지만 여전히 삶의 속도가 바뀌지 않는 경우가 있고, 이전보다 더하지는 않지만 조용한 삶을 찾기가 여전히 어려움을 발견한다. 가장 중요한 변화는 결국 내면의 변화이며, 우리의 태도와 습관, 패턴, 그리고 기대를 변화시키는 것이 중요하다.[64]

192

우리는 마치 우리 자신이 시간의 희생자인 것처럼, 마치 우리가 전혀 통제할 수 없는 영향력들에게 피동적으로 지배당하는 것처럼 느끼고 행동할 때가 있다. 그러나 시간은 우리에게 일어나는 어떤 것이 아니다. 우리는 어떻게 살 것인지를 선택할 수 있다. 우리의 통념보다 더 자주 그렇게 선택할 수 있으며, 그런 선택들을 할 때 새로운 가능성들이 열린다. 하지만 그리 쉽지만은 않은 이런 선택들을 하기 위해서는 뭔가를 포기할 필요가 있고, 성공에 대한 사회의 정의와 긍정을 거부할 필요가 있으며, 성공의 의미를 재정의하고 '충분함'으로 만족할 필요가 있다. 그 모든 것은 우리의 삶이 묵상에 확고한 바탕을 둘 때만 가능하다. 여가의 영성을 보살피고 계발하기 시작할 때, 우리는 잘 살기 위해서는 여가의 영성이 왜 꼭 필요한지를 알게 될 것이다. "풍요로운 은총은 그 자체로 보답이다."[65]

# 6

# 단순한 삶

진정한 기도란 하나님의 현존을 줄곧 알아차리면서 살아가는 것이다.

하나님이 우리와 함께 계시지 않는 순간은 한 순간도 없다.

그런데 왜 우리는 마치 하나님이 여기에 계시지 않는 것처럼

행동하곤 하는 것일까?

## 정보의 바다

우리는 정보의 바다에 빠져 허우적대는 세상에서 살고 있다. 하루 종일 사방에서 굉장한 양의 정보들이 쏟아져 들어오고 있다. 윈스턴 처칠 경의 말을 조금 바꿔 표현해 보면, "수많은 각도에서 그처럼 대단한 속도로 끊임없이 흘러드는 정보와 자료의 급류에 사람들이 이처럼 지배당한 적은 인류의 역사에서 이전에는 결코 없었다."

사실 우리를 삼키고 있는 것은 정보(information)의 바다가 아니라 자료(data)의 바다다. 자료를 정보라고 부르기 위해서는 우리가 자료를 이해하고 흡수하고 처리할 능력을 지니고 있다는 것이 전제되어야 한다. 그러나 자료들이 우리에게 너무나 빨리 밀려들고 있어서 우리는 자주 그 속에 빠져 허우적대고 있다고 느낀다. 우리가 수용하고 소화하기에는 자료들이 너무 많기 때문이다. 의사들은 정보피로 증후군이라는 새로운 증후군을 발견하고 있는데, 이 증후군의 증상에는 분석 능력의 마비, 자기의 능력에 대한 의심과 걱정, 그리고 남들을 비난하는 태도의 증가 등이 포함된다.

이제까지 보고된 모든 스트레스 관련 질병의 3분의 1은 정보의 과부하가 그 원인으로 보인다는 주장이 있다. 최근에 어떤 구절을 인터넷으로 검색해 보았는데 무려 27,000건이나 검색되었다. 우리는 더 많은 정보에 대한, 특히 새로운 정보에 대한 심한 갈증을 느낀다. 하지만 우리에게는 그 정보를 이용할 능력이나 시간이 부족하다. 현대인들은 마치 나날이 증가하기만 하는 정보의 홍수 속에서 인간 존재의 잃어버린 열쇠를, 아마도 심지어 구원까지 찾고 있는 것처럼 보인다. 우리는 이 모든 물질적인 풍요에도 불구하고 우리의 삶에 뭔가가 빠져 있다고 느낀다. 그래서 더욱더 많은 정보에서 답을 구하고 있다. 그러나 그것은 환상이다. 정보들이 아무리 훌륭하고 좋을

지라도 우리는 삶에 대한 답을 더 많은 정보 안에서 발견하지는 못할 것이다.


## 좌절과 희망

우리는 냉소적이고 편견을 가진 시대에 살고 있다. 산사태처럼 덮쳐 오는 폭력과 혼란의 와중에 꿈과 희망이 증발해 버린 사람들도 많다. 지금보다 더 많이 배려하고 보살피는 세계를 만들고 싶다면, 우리는 자기 자신과 사회에 대한 꿈을 회복할 필요가 있다.

ABC 방송의 텔레비전 연속극 〈와일드사이드(Wildside)〉에서 전직 경찰관 빌 맥코이는 실종된 아들을 찾다가 거리의 아이들인 조와 하이디를 알게 되었다. 두 아이는 범죄와 마약, 성폭행이라는 그물에 걸려 헤어 나오지 못하고 있었다. 어느 감동적인 장면에서 맥코이는 아이들에게 말한다.

"우리의 유일한 희망은 서로에게 관심을 기울이는 몇 명의 망가진 사람들이야." 조가 묻는다. "어떤 망가진 사람들요?" 맥코이가 대답한다. "너, 하이디, 나. 우리 셋이 서로에게 관심을 갖는다면 우리에겐 희망이 있는 거야." 하이디는 "헛소리!"
라며 코웃음을 친다. 두어 시간 뒤 그녀는 어느 가게를 털기 위
해 차를 몰고 돌진해 들어가다 죽음을 맞고, 우리는 그녀의 말
이 옳다고 믿고 싶어진다. 어떤 면에서는 그녀가 옳다. 우리가
서로를 돌보지 않는다면 그렇다. 우리가 방어 기제를 내려놓
지 않는다면, 다른 인간을 돌보지 않는다면, 세상에는 희망이
없다.[66]

　포트 아서와 스레드보에서 비극적인 사건이 일어났을 때 진
심으로 서로를 보살피던 사람들은 우리의 내면에서 우러나오
는 가장 선한 모습을 보여 준다. 나는 거의 모든 사람들의 내
면에 그런 보살핌과 연민의 저수지가 있다고 믿는다. 우리는
그 저수지에서 연민과 보살핌이 저절로 흘러나오도록 해야 한
다. 삶의 비극들을 당해서만 그렇게 할 것이 아니라 일상생활
을 하는 중에도 서로를 보살펴야 한다. 빌 맥코이의 말을 빌리
면, 우리는 살면서 망가지거나 엉망이 될 수도 있다. 하지만
우리가 새로운 방식으로 서로를 돌보기 시작한다면 우리의 사
회에는 분명 희망이 있다.

# 학습된 무기력

삶에 대한 하이디의 태도는 심리학자 마틴 셀리그먼이 '학습된 무기력'이라고 부르는 것의 전형적인 사례다. 그동안 살아오면서 겪은 경험들을 통해 하이디는 아무도 그녀에게 관심이 없으며 결과들은 언제나 나쁘게 끝날 것이라고 믿게 되었다. 이런 믿음들은 아주 어린 나이에 시작될 때가 많다. 셀리그먼은 한 번 감정적인 학습을 하면 상당히 다른 상황에 처해 있을 때도 똑같은 반응을 보일 수 있다는 이론을 실험하기 위해 한 무리의 개를 상대로 실험을 했고, 그 결과 '학습된 무기력'을 발견했다.

이 실험에서 연구원들은 개들을 몇 주 동안 고음의 소리와 짧은 전기 충격에 노출시켰다. 고음의 소리와 전기 충격을 쌍으로 연결시켜 개들에게 가했는데, 처음에는 고음을 들려주었고 다음에는 전기 충격을 가했다. 전기 충격은 정전기와 비슷할 정도로 약한 수준이었다. 그들의 실험 목표는 개들이 중립적인 소리와 유해한 전기 충격을 함께 결합시켜 인식하여, 나중에는 그 소리만 들어도 마치 그 소리가 곧 전기 충격인 것처럼 두려워하는 반응을 보이게 하는 것이었다. 그 뒤에는 낮은

벽으로 두 개의 칸막이를 만들어 나눈 큰 상자 속에 개들을 넣었다. 연구원들은 그 소리를 들려주면 상자 속의 개들이 전기 충격에 반응하도록 배운 방법—그곳에서 벗어나기 위해 벽을 뛰어넘는 것—대로 그 소리에 반응할지 보고자 했다.

개들은 충격에서 벗어나기 위해 벽을 뛰어넘는 대신, 그저 구슬픈 소리를 내며 그곳에 엎드려 있기만 했다.[67] 셀리그먼은 깨달았다. 그들이 개들을 길들이는 동안, 개들은 전기 충격을 멈추기 위해 스스로 할 수 있는 일이 아무것도 없었기 때문에 자포자기하고 말았다는 것을……. 개들은 어떻게 해도 상관이 없다는 것을 '학습'했거나, 그렇다는 결론을 내리게 되었다. 이 것이 바로 '학습된 무기력'이다.


## 항아리 속의 벼룩들

작은 항아리 속에 벼룩들을 가둬 두었던 남자의 이야기가 있다. 그는 항아리에 벼룩들을 넣고 뚜껑을 덮어 놓았다. 그 때문에 벼룩들은 항아리에서 벗어나려고 뛰어오를 때마다 뚜껑에 머리를 부딪치게 되었다. 나중에는 남자가 뚜껑을 벗겼지만, 벼룩들은 그간의 경험을 통해 뚜껑보다 더 높이 뛰어오를 수는 없다는 것을 배웠다. 그래서 뚜껑까지만 뛰어오를 뿐 그 이상은 뛰어오르려고 하지 않았다. 달궈진 요리 철판 위로 뛰어오른 고양이 이야기도 있다. 고양이는 다시는 요리 철판 위로 뛰어오르지 않았을 뿐 아니라, 아예 요리 철판 근처에는 평생 얼씬거리지도 않았다고 한다.

어떤 조건에 의해 길들여지면 우리는 삶이 어떠할 것이라는 부정적인 기대들을 가질 수 있으며, 이런 기대들은 우리가 성취할 수 있는 것을 제한할 수 있다. 우리는 이 원리가 사회에서 항상 작용하는 것을 본다. 예를 들어, 학교에서 아무리 열심히 노력하고 또 노력해도 연거푸 실패하기만 한 학생들은 마침내 포기해 버리며, 아무리 열심히 노력해도 결코 성공할 수 없을 것이라고 확신하게 된다. 자신에게는 승산이 없다고 믿는 것이다.

실업자들도 그렇게 믿는 경우가 많다. 직장에 계속해서 지원했지만 번번이 떨어지거나 심지어 면접의 기회조차 갖지 못하게 되면, 그들은 포기하게 된다. 일자리를 얻을 가망이 없다고 믿기 때문이다. 우리는 무슨 일을 하는지 혹은 무엇을 성취했는지가 아니라 우리 자신이 누구인지로 가치를 평가받아야 하며, 우리 스스로도 자신을 그렇게 평가해야 한다. 그럴 때 비로소 우리는 진정한 의미의 자긍심을 가질 수 있다.


## 삶을 정돈하기

내가 아는 사람들은 대부분 지금보다 더 단순한 삶을 살고 싶어 한다. 그들은 잡다한 것들 때문에 자기의 삶이 너무 어수선하다고 느낀다. 광고 회사들은 이 제품이 꼭 필요하며 저 기기는 시간을 절약해 준다는 식의 선전을 우리에게 퍼붓는다. 그렇지만 수많은 사람들은 이런 기기들이 오히려 더 많은 일거리를 만든다는 것을 발견한다. 더 많은 기기를 가질수록 기기들 가운데 하나가 고장 날 기회는 더 많아진다. 예를 들어, 만일 컴퓨터 운영 체제가 다운되어 작동을 멈추면 그 조직이나 기관 전체가 마비되어 버릴 수 있다. 농담이 아니다. 은행의 컴퓨터들이 멈추어 버린 것을 경험한 적이 없는가?

우리가 새로운 기술을 원하는지 원하지 않는지 여부를 누가 우리에게 물어본 적이 있는가? 새로운 기술이 우리의 사회나 삶을 전반적으로 향상시킬 것인지 아닐지에 대해 생각해 볼 시간이 우리에게 주어진 적이 있는가? 아니면, 그런 신기술을 이용해 돈을 벌고 싶은 사람들이 일방적으로 그런 기술들을 도입한 것인가? 분명히 컴퓨터는 더 많은 것을 가능하게 했지만, 그렇게 하는 법을 배우고 실제로 사용하는 데는 훨씬 더 많은 시간이 들어간다. 새로운 기술은 사업과 산업을 더 효율적으로 만들었지만, 그 기술이 우리 삶의 질을 향상시켰는가? 일자리는 오히려 이전보다 더 줄었다. 기술이 사람 대신 일할 수 있기 때문이다. 과거에 많은 노동자들이 일했던 자동차 공장은 이제 몇몇 기술자만으로도 돌아갈 수 있다. 그 결과 수많은 사람들이 직장을 잃었다.

우리는 휴대전화로 대화할 수도 있고 화상 전화기를 이용해 멀리 떨어진 곳에서도 서로를 볼 수 있다. 우리는 '새로운 것들에 탐욕스러운' 마음이 흡족할 만큼 컬러 스테레오 텔레비전과 인터넷 서핑을 경험할 수 있다. 하지만 그것이 인간으로서 서로 소통할 수 있는 우리의 능력을 향상시키는가? 그것이 이미 약해진 우리의 공동체 의식을 강하게 하거나 깊어지게 하는가? 아니면, 그 반대로 작용하는가?

## 내면의 공간에 머물기

끊임없이 소란스럽고 정신없이 분주한 세계에서 침묵은 오히려 더욱 귀중해진다. 요즘 나는 기회만 있으면 내 마음을 침범하려 하는 정보의 홍수를 떠나 안심할 수 있는 조용한 공간에 머무는 시간이 점점 더 길어지고 있다. 그 시간이 길 필요는 없지만, 충분히 이완하며 집중할 만큼은 길어야 한다. 성경에 대해 명상할 시간도 더 많이 갖고 있다. 처음에 묵상적인 방식으로 기도할 때는 두려운 마음도 들었다. 조용히 있다 보면, 내가 해야 했지만 아직 하지 못한 모든 일들이 떠올랐기 때문이다. 온갖 생각들이 내 의식을 침범했으며 고요히 있지 못하게 방해했다. 그래서 내가 한 일 가운데 하나는 묵상 기도를 시작할 때, 해야 할 일들이 마음속에 떠오르면 종이에 적을 수 있도록 옆에 종이와 펜을 놓아두는 것이었다. 나중에 친구들이 내게 선물한 전자수첩은 고요히 있지 못하게 방해하는 그런 생각들을 적는 데 좋은 도구가 되었다.

그 후에는 기도를 시작하기 전에 몸을 이완시키는 간단한 방법들을 배웠다. 먼저 몸의 모든 근육이 긴장했다가 이완되는 것을 상상한다. 머리부터 시작하여 점점 아래로 내려가다가 발가락에서 끝낸다. 기도하는 것이 좋은 줄은 늘 알고 있었지만, 내가 너무 활동적인 사람이라서 꾸준히 기도하기 위해서는 많은 노력이 필요했다. 그렇지만 기도를 하면 하나님께서 내 기도에 응답하실 뿐 아니라(늘 내가 원하는 방식대로 이루어지는 것은 아니지만), 기도의 행위 자체로부터도 혜택을 입는다. 고요히 있는 것은 우리에게 좋다. 우리는 활동하는 사이사이 조용히 있으면서 돌이켜보는 시간을 갖도록 창조되었다. 이렇게 묵상 기도를 하면서 나는 하나님의 말씀을 더 분명히 들을 수 있었고 나의 시각도 변화되었다. 그러면 중요해 보이던 일들, 급히 해야 하는 것처럼 보이던 일들이 종종 뒷전으로 물러나곤 한다.

## 고요히 홀로 있는 시간

우리는 고요히 있으면서 자기의 목소리와 하나님의 목소리를 듣기 위해 일을 쉬고 조용히 있는 시간을 가질 필요가 있다. 물론 이 분주한 세상에서 그렇게 하기는 쉬운 일이 아니다. 찰스 링마는 '분주하고 할 일이 많은 세상의 한가운데에서 우리

가 활동할 수 있는 능력의 근원인, 내면의 고요한 새로운 중심'
를 발견할 필요가 있다고 말한다.[68] 고요한 내면의 시간을 가
질 때, 나의 하루는 훨씬 더 생산적이었고 나는 하루의 스트레
스와 긴장에 대해 훨씬 더 그리스도와 같은 방식으로 반응할
수 있었다. 고요히 홀로 있는 시간을 가질 때, 나는 내 삶에서
성령의 열매를 가질 수 있게 된다.

　한동안 고요히 있는 것을 두려워하는 사람들이 많다. 우리
는 고요히 침묵하는 동안 자기 자신에 대해 알게 될 것들을 두
려워할 때가 많고, 그래서 홀로 있는 시간을 피해 달아난다.
그런데 만일 우리가 충분한 시간을 가지면서 자기 자신의 수많
은 목소리에 귀를 기울이지 않는다면, 우리가 어떻게 하나님
의 목소리를 들을 수 있겠는가? 찰스 링마는 단언한다.

　　우리는 수많은 활동을 하느라 전체적으로 조망할 수 있는 시
　야를 잃고 에너지를 잃으며, 더욱 중요하게는 우리의 창조성과
　유머 감각을 잃는다. 유머 감각이 없는 사람보다 더 무뚝뚝하
　고 따분한 사람은 없다. 지나치게 활동할 때 우리는 세상을 우
　리의 어깨에 짊어지고 짓눌리며, 환멸을 느끼거나 기진맥진할
　수도 있다.[69]

208

건강과 영적인 목적을 위해 금식하는 사람들이 점점 더 늘어나고 있다. 소음으로 가득 찬 세상에서 사는 우리는 한동안 말을 금식하는 것도 매우 좋은 실천 방법일 수 있다. 말을 금식하다 보면, 우리가 하는 말 가운데 많은 말들은 그다지 중요하지 않다는 것을 알아차릴 수 있다. 그러면 삶이란 무엇인지에 대해 더 많이 돌이켜볼 수 있게 된다.


## 우선순위를 바르게

아들이 죽은 뒤, 나는 이 세상에서 정말로 중요한 것은 하나뿐이라는 것을 알게 되었다―사랑하는 관계. 내게는 이 관계가 하나님과 나의 가족, 교회 가족, 친구들과의 사랑하는 관계를 의미한다. 설령 재산과 직장, 가정, 심지어 건강까지 잃는다 해도 우리는 계속 살아갈 수가 있다. 하지만 그런 사랑하는 관계들을 잃는다면, 우리는 삶에서 가장 소중한 것을 잃어버린 것이다.

기독교 전통에서 기도에 관한 가장 유명한 책 가운데 하나는 17세기의 수도승이었던 로렌스 수사의 책이다. 로렌스 수사는 요리사였는데, 소리 내어 기도하거나 교회에 가는 것뿐 아니라, 일상생활을 하며 경험하는 평범한 일들도 역시 기도의 시간들일 수 있음을 깨달았다.

사실, 로렌스 수사는 기도하고 헌신하는 특별한 시간들보다 일상적인 일을 하는 동안에 오히려 하나님이 더 가깝게 느껴진다고 했다. "우리는 하나님을 위해 작은 것들을 할 수 있다. 프라이팬 위에서 구워지는 케이크를 나는 그분에 대한 사랑으로 뒤집는다. 하나님에 대한 사랑으로 마당에서 지푸라기 하나를 줍는 것만으로도 내게는 더없이 충분하다."[70]

종교적인 사람들은 기도와 삶을 두부 모 자르듯 확연히 구분하는 경향이 있다. 하지만 우리가 로렌스 수사처럼 기도와 삶을 하나이며 같은 것으로 본다면, 삶의 모든 것은 기도가 될 수 있다. 진정한 기도란 하나님의 현존을 줄곧 알아차리면서 살아가는 것이다. 하나님이 우리와 함께 계시지 않는 순간은 한 순간도 없다. 그런데 왜 우리는 마치 하나님이 여기에 계시지 않는 것처럼 행동하곤 하는 것일까? 몇 년 전, 나는 하나님께서 언제나 현존하신다는 것을 하루 내내 상기하기 위해, 문을 열 때마다 하나님께서 나와 함께 계신다는 것을 기억하기로 결심한 적이 있다. 그래서 문을 열 때마다 그것을 기도로 삼았다. 분명히 효과가 있었다.


## 목표를 세우기

우리 부부가 결혼한 첫 해에 어느 현명한 친구가 우리에게 조언을 했다. "둘이 함께 하는 삶을 위해 목표를 세워 보게. 자네 부부가 그렇게 하지 않으면, 남들이 자네 부부를 위해 목표를 세울 테니까." 그의 말은 예언처럼 들어맞았다. 우리는 그후로 우리 자신의 목표를 세우기 위해 노력했다. 어떤 사람들은 목표를 세우는 것을 싫어한다. 자리에 앉아서 어떤 삶을 살고 싶은지 생각해 보는 것이 그들에게는 심한 고역처럼 느껴진다. 그래서 그보다는 그저 삶이 되는 대로 흘러가도록 태평하게 내버려두고 싶어 한다.

그렇지만 누군가는 말하기를, "만일 당신이 아무것도 목표로 삼지 않는다면, 당신은 분명 아무것도 얻지 못할 것이다."라고 했다. 《이상한 나라의 앨리스》에는 앨리스가 길을 잃고서 모자 장수에게 어느 길로 가야 하느냐고 묻는 장면이 있다. 모자 장수가 앨리스에게 어느 곳으로 가기를 원하느냐고 묻자,

앨리스는 자기가 어디로 가기를 원하는지는 그다지 중요한 것이 아니라고 대답한다. 그러자 모자 장수는 말한다. "그렇다면 네가 어느 길을 택하든 그건 그다지 중요한 게 아니야."

스티븐 코비는 자신의 책 《소중한 것을 먼저 하라(First Things First)》에서 "우리는 항상 목표를 마음속에 품고 시작해야 한다."고 말한다. 코비는 묻는다. "죽음을 눈앞에 둔 사람들 가운데, 사무실에서 더 많은 시간을 보내지 않았다고 후회하는 사람이 얼마나 되겠는가?"[71] 우리는 덧붙일 수 있다. "삶의 마지막에 다다른 사람들 가운데, 설거지를 하거나 집을 청소하면서 더 많은 시간을 보내지 않았다고 후회하는 사람이 얼마나 되겠는가?" 그는 삶의 목표들을 계발하도록 돕는 유익한 연습들을 고안해 냈는데, 예를 들어 우리가 여든 살이 되어 생일잔치를 하는 모습을 마음속으로 그려 보고, 그날 사람들이 우리를 기리며 하는 말들과 우리가 살아온 삶에 대해 하는 말들을 상상해 보라고 제안한다. 그 모든 말을 들은 뒤에는 자리에 앉아서 여생의 목표들을 적어 보라고 한다. 이것은 우리가 남아 있는 삶을 어떻게 보내기를 원하는지 결정하는 데 도움이 되는 좋은 방법이다.

이런 류의 자기계발 서적에 반감을 가진 사람들을 위해 조금 다른 방식으로 말해 보자. "당신의 희망과 꿈들을 나에게 보여 주세요. 그러면 나는 당신의 미래를 보여 주겠습니다." 자신의 꿈을 종이에 적는 것이 부담스럽게 느껴지는 사람들이 있을 것이다. 하지만 자신의 희망들을 종이에 적다 보면, 정말로 중요한 것과 중요하지 않은 것이 무엇인지 생각해 보게 된다. 그런 과정을 거치다 보면 자신이 몹시 하고 싶었던 것들 가운데 어떤 것들은 그다지 중요하지 않음을 발견할 수도 있다. 그리고 곰곰이 생각해 보는 과정을 통해 자신이 하고 싶었지만 간과하고 있었던 것들을 알아차릴 수도 있다.

지금 이 순간을 더욱 효과적으로 살기 위해 미래를 위한 목표를 세워야 한다는 나의 제안에는 모순이 있는 것처럼 보일 수 있다. 그렇지만 목표들을 세우고 우선순위를 정립하는 것은 우리가 지금 이 순간을 더욱 충실히 살기 위한 것이다. 한 가지 덧붙이자면, 내 경험에 비추어 볼 때 더 많은 것을 하기 원할수록 내게 주어지는 시간은 더 적어지고 삶은 더욱 복잡해졌다. 더 단순한 삶을 사는 유일한 방법은 덜 원하는 것이다.

## 우선순위의 재조정

장례 예배를 드릴 때 나는 참석자들에게 이제까지의 삶을 돌이켜보는 시간을 갖도록 권한다. 그들이 죽으면 무덤에 어떤 묘비명이 세워질지, 남은 삶을 진정 가치 있게 살기 위해서는 어떤 계획을 세워야 할지 생각해 보라고 제안한다. 교육 전문가인 제임스 파울러는 우리 삶의 목표들을 재정립하는 데 도움이 되는 몇 가지 질문을 내놓는다.

- 당신은 무엇을 위해 쓰임 받고 있는가? 당신은 무엇을 위해 최선의 시간과 에너지를 쓰고 있는가?
- 당신은 어떤 목표와 꿈, 단체를 위해 삶을 쏟아 붓고 있는가?
- 당신이 살면서 두려워하는 힘은 무엇인가? 신뢰하고 의지하는 힘은 무엇인가?
- 당신은 살아갈 때나 죽음 앞에서 무엇 혹은 누구에게 자신을 내맡기는가?
- 당신은 자신과 사랑하는 사람들의 삶을 위한 가장 중요하거나 사적인 희망들을 어떤 사람 또는 어떤 그룹과 나누고

있는가?

- 당신의 삶에서 가장 중요하고 강렬한 희망과 목적들은 무
  엇인가?

후기

이제까지 지금 이 순간을 더욱 충만하게 살 수 있는 여러 가지 방법을 얘기했다. 이런 방법들은 우리가 지금 이 순간을 더욱 충실하게 사는 데 도움이 될 것이다. 그런데 나는 현재를 살아가는 나의 능력이 예수 그리스도에 대한 믿음과 떼어놓을 수 없음을 말하지 않을 수 없다. 내가 지금 이 순간을 더욱 완전하게 살도록 해방시키는 것은 그리스도에 대한 믿음과, 그분을 신뢰하는 모든 사람에게는 죽음 이후에도 삶이 계속된다는 믿음이다. 말콤 머거리지는 말하기를, 삶의 가장 큰 비극은 이 세상이 우리의 집이며 이 세계만이 전부라고 믿게 되는 것이라고 했다. 나는 이 땅 위의 삶을 사랑한다. 내가 남편임을, 아버지임을, 성직자임을 사랑한다. 나는 하루하루를 즐긴다. 그 모

216

든 기쁨과 역경들을 즐긴다. 삶은 좋다. 하지만 나는 이곳에서
의 삶이 어느 날 끝날 것임을 안다. 말콤 머거리지를 비롯한 수
많은 기독교인들과 마찬가지로 나도 이 삶이 전부가 아님을 믿
기에 오히려 삶은 내게 달리 보인다. 헨리 나우웬은 그 점을 아
주 잘 표현하고 있다.

　　하나님은 현재의 하나님이다. 하나님은 늘 지금 이 순간에
　　계신다. 힘든 순간이든 편안한 순간이든, 기쁜 순간이든 고통
　　스러운 순간이든, 하나님은 늘 지금 이 순간에 계신다. 예수님
　　이 하나님에 대해 말씀하셨을 때, 그분은 언제나 우리가 지금
　　있는 곳에 늘 계신 하나님에 대해 말씀하셨다. "너희가 나를 볼
　　때 너희는 하나님을 본다. 너희가 내 말을 들을 때 너희는 하나
　　님의 말씀을 듣는다." 하나님은 과거에 존재했거나 미래에 존
　　재할 어떤 분이 아니라, 지금 존재하는 유일자다. 그리고 지금
　　이 순간에 나를 위해 존재하는 분이다. 예수님이 오셔서 과거
　　의 짐들과 미래에 대한 걱정들을 없애신 것은 그 때문이다. 그
　　분은 우리가 지금 있는 바로 이 자리에서, 지금 여기에서 하나
　　님을 발견하기를 원하신다.[73]

내게는 이 땅 위의 삶이 단지 시작일 뿐이며, 무척 경이로운 시작이지만 그 자체로 끝이 아니다. 궁극적으로 삶에서 나의 안전은 은행 잔고나 재산에 있지 않으며, 아내나 가족 안에도 있지 않으며, 그리스도와의 관계 안에 있다. 예수 그리스도를 내 삶의 중심에 둘 때, 그리고 이 땅 위의 삶이 단지 시작일 뿐임을 알 때 나는 지금 여기를 더욱 충실히 살게 된다. 그리스도와의 관계는 나를 해방시키며, 그리하여 나로 하여금 더욱 완전히, 하나님이 나를 창조하실 때 의도하셨던 사람이 되도록한다. 백 살까지 살든 아니면 내일 죽든, 나는 내 삶 전부를 주님께 맡긴다.

# 지금 이 순간을 사는 십계명

1. 오늘 하루의 매 순간에 완전히 집중하라.

2. 주변의 세계에 습관적으로 관심을 기울여라.

3. 사랑하는 사람들을 위해 몸으로, 마음으로 현존하라.

4. 남들에게 어떻게 반응할지 선택할 능력이 나에게 있음을 알아라.

5. 나에게 상처 입힌 사람들을 용서하는 습관을 길러라.

6. 나 자신의 행동 지침을 세워라.

7. 날마다 고요히 있는 시간을 가져라.

8. 나의 가치는 내가 무슨 일을 하느냐가 아니라, 내가 누구 인지에 의해 좌우된다는 점을 받아들여라.

9. 미래를 알려고 애쓰지 마라.

10. 나는 반드시 죽다는 사실에 직면하라.

감사의 말

이 책이 빛을 볼 수 있도록 도와준 존 워터하우스의 우정과 헌신에 감사드린다. 팀 코스텔로의 삶은 이 책에 영감을 주었다. 마가렛 휴스턴과 피터 그랜트도 도움을 주었다. 그들이 내 생각과 글쓰기에 얼마나 많은 영향을 끼쳤는지는 그들도 미처 모를 것이다. 로슬린 헌트와 조 스탠졸은 많은 조언을 해 주었다. 로빈 클레이든은 원고를 읽고서 그녀의 통찰력으로 조언을 해 주었다. 이 책을 출간하는 동안 수고하신 하퍼콜린스 출판사 직원들에게 감사드린다. 암에 걸린 자녀와 함께 한 투병 생활을 솔직하게 들려준 밴험 가족과 캠프 퀄리티, 포트 아서 참변의 생존자인 피터 크로스웰, 조앤 코니쉬에게 감사드린다. 레온 모리스 박사는 마태복음에 관한 주석으로 영감을 주었다. 밥과 프루 웨이클린은 많은 제언과 격려를 해 주었다. 부모님과 누이 린델은 내게 조건 없는 사랑을 주었다.

1996년 4월 28일, 포트 아서에서 서른다섯 명이 잔인하게 살해된 사건에 대해 얘기하는 동안, 나는 그 일을 저지른 사람의 이름을 밝히지 않았다. 그날 저지른 살인 행위로 이미 많이 알려진 그의 이름이 더 이상 더 알려지는 것은 원하지 않기 때문이다.

## 1장 삶은 당연한 것이 아니다

1. Chapin, Harry, 'Cat's in the Cradle'.

2. Hammarskjöld, Dag, *Markings*, W.H. Auden and Lief Sjorberg 번역, London: Faber and Faber, 1964, p.37.

3. 인용. Kennon Callahan, *Effective Church Leadership*, New York: Harper and Row, 1990, pp.101−102.

4. 발췌. *Here and Now: Living in the Spirit*, London: published and copyright Darton, Longman and Todd Limited, 1994, p.4. 출판사의 허락을 받고 사용함.

5. 같은 책

6. 인용. 'Stressed workers seek job changes' by Alan Thornhill in *The West Australian*, 31st December 1997, p.1.

7. From a private journal.

8. Campolo, Tony, *Carpe Diem — Seize the Day*, Dallas: Word Publishing, 1994, pp.13−15.

9. Sansom, Clive, *The Witnesses and Other Poems*, London: Methuen, 1965, p.74.

10. Arnott, Paul, *No Time To Say Goodbye*, Sydney: Albatross Books, 1992, p.81.

## 2장 오늘보다 소중한 날은 없다

11. General Editor, Kenneth Barker; *The Holy Bible, The New International Version Study Bible*, Grand Rapids: Zondervan, 1985, p.1452.

12. 같은 책

13. 같은 책

14. 같은 책

15. 같은 책

16. 같은 책

17. 같은 책

18. 인용. 영화 〈바람과 함께 사라지다〉

19. Editor Kenneth Taylor; *The Living Bible*, London: Hodder & Stoughton and Coverdale House Publishers, 1972, p.1345.

20. 나는 마가렛 휴스턴에게 이 내용을 써 달라고 요청했다. 마가렛은 잡지 Alive의 칼럼니스트이다.

21. 조앤 코니쉬는 나의 친구이며, 나는 이 책을 위해 그녀와 인터뷰를 했다.

22. 밴험 가족은 캠프 퀄리티의 일원이며, 나는 이 책을 위해 그들과 인터뷰를 했다.

23. 나는 이 책을 위해 피터 크로스웰과 인터뷰를 했다.

## 3장 과거로부터의 자유

24. Dobson, Theodore Elliot, *Inner Healings: God's Great Assurance*, New York: Paulist Press, 1978, p.125.

25. MacNutt, Francis, *The Power To Heal*, Ave Maria Press, 1977, p.39.

26. *Holy Bible, NIV Study Bible*, pp.932−33.

27. 발췌. Buckley, Michael, *Do Not Be Afraid*, London: published and copyright Darton, Longman and Todd, 1995, pp.115−16. 출판사의 허락

을 받고 사용함.

28. 같은 책, p.117.

29. 같은 책

30. Sanford, John A., *Healing and Wholeness*, New York: Paulist Press, 1977, p.29.

31. *Breaking Through* (Sutherland: Albatross Books, 1990)의 저자인 캐시 앤 매튜스가 내게 보낸 편지에 있는 내용.

32. Pytches, Mary, *Yesterday's Child*, Hodder & Stoughton, 1990, p.11.

33. 같은 책, p.19.

34. 같은 책

35. 같은 책, pp.22-23.

36. 나는 1979년에 시드니에서 열린 회의에서 프랜시스 맥너트가 이 이야기를 하는 것을 들었다.

37. *Holy Bible, NIV Study Bible*, pp.1586.

38. Allender, Dan, *The Wounded Heart*, North Geelong: CWR, 1992, p.18.

39. Dowrick, Stephanie, *Forgiveness and Other Acts of Love*, Ringwood: Viking, 1997, pp.289-290.

40. 같은 책, p.291.

41. Carter-Stapleton, Ruth, *The Experience of Inner Healing*, London: Hodder & Stoughton, 1978, pp.62-63.

42. Andrews, Margaret, 'How Our Families Shape Us', article published in *Threshold Magazine* — a magazine about marriage education(1996) Vol.53, No.24.

43. 같은 책

44. 같은 책

**4장 미래로부터의 자유**

45. Eds Gabrielle Carey and Rosemary Sorensen, *The Penguin Book of Death*, Ringwood: Penguin Books, 1997.

46. Peck, M. Scott, *Further Along the Road Less Travelled*, New York: Simon and Schuster, 1993, p.48.

47. 같은 책, p.49.

48. 같은 책, pp.49-50.

49. Nouwen, Henry J.M., *Beyond The Mirror*, London: Fount Paperbacks, 1990, p.33.

50. 같은 책, pp.33-34.

51. De Mello, Anthony, *Sadhana, a way to God*, Anand: Gujarat Sahitya Prakash, 1988, pp.109-110.

52. Carnegie, Dale, *How to Stop Worrying And Start Living*, Kingswood: World's Work Ltd, 1977, p.22.

53. 같은 책, p.23.

54. Peck, M. Scott. *The Road Less Travelled*, London: Rider, 1988, p.15.


**5장 삶의 속도를 늦추어라**

55. Rice, Jim, 'Why Play?', article in *Sojourners Online*, January-February, 1997, Vol.26, No.1.

56. De Mello, Anthony, *Sadhana, a way to God*, Anand: Gujarat Sahitya Prakash, 1988, pp.7-8.

57. 같은 책, p.9.

58. Kahn, Albert E., *Joys and Sorrows: Reflections* by Pablo Casals, London: Macdonald and Co. Ltd., 1970.

59. Grant, Peter. 이 책을 위해 써 주었다.

60. Sansom, Clive, *The Witnesses*, p.27.

61. Rice, 앞서 인용한 책, p.3.

62. 같은 책, pp.3-4.

63. 같은 책, p.4.

64. 같은 책

65. 같은 책


## 6장 단순한 삶

66. ABC TV의 연속극 *Wildside*에서.

67. Seligman, Martin E.P., *Learned Optimism*, Sydney: Random House, 1993, pp.19-20.

68. Ringma, Charles, *Dare to Journey*, Sydney: Albatross Books, 1992 from 'Relfection 7'.

69. 같은 책

70. *The Spiritual Maxims of Brother Lawrence*, Westwood: Fleming H Revell, 1967, pp.36-37.

71. Covey, Stephen R., and Merrill, A. Roger, *First Things First*, New York: Simon and Schuster, 1994, p.17.

72. Fowler, J., *Stages of Faith*, Blackburn: Dove Communications, 1981, p.3.


## 후기

73. Nouwen, Henry, 앞서 인용한 책, pp.4-5.

옮긴이 **김 윤**

1965년에 태어나서 서울대 경영학과를 졸업했다.
그 동안 옮긴 책으로는 「네 가지 질문」 「마음은 도둑이다」 「지금 이 순간」
「영원으로 가는 길」 등이 있다.

오늘 하루가 선물입니다

초판 1쇄 발행일 2012년 4월 18일

지은이 폴 아노트
옮긴이 김윤

펴낸이 김윤
펴낸곳 침묵의 향기
출판등록 2000년 8월 30일, 제1-2836호
주소 411-702 경기도 고양시 일산서구 중앙로 1542(대화동)
　　　신동아노블타워 635호
전화 031) 905-9425
팩스 031) 629-5429
전자우편 chimmukbooks@naver.com
블로그 http://blog.naver.com/chimmukbooks

ISBN 978-89-89590-27-9　03840

* 책값은 뒤표지에 있습니다.
* 잘못 만들어진 책은 바꾸어 드립니다.